LA MORT A VENISE
suivi de
TRISTAN
et
LE CHEMIN DU CIMETIÈRE

AUTRES ŒUVRES DE THOMAS MANN
CHEZ FAYARD

LA MONTAGNE MAGIQUE *(Der Zauberberg),* roman, traduit par Maurice Betz, 1931, rééd. 1961.

LES BUDDENBROOK *(Buddenbrooks),* roman, traduit par Geneviève Bianquis, 1932, rééd. 1965.

THOMAS MANN

LA
MORT A VENISE

suivi de

TRISTAN
et
LE CHEMIN DU CIMETIÈRE

récits

traduits de l'allemand par
FÉLIX BERTAUX, GENEVIÈVE BIANQUIS
et CHARLES SIGWALT
Postface de
GENEVIÈVE BIANQUIS

FAYARD

Ce volume contient les traductions intégrales des nouvelles de langue allemande :

DER TOD IN VENEDIG, TRISTAN,
DER WEG ZUM FRIEDHOF

LA MORT A VENISE

1.

Par un après-midi de printemps de cette année 19.. qui des mois durant sembla menacer si gravement la paix de l'Europe, Gustav Aschenbach, ou d'Aschenbach — depuis son cinquantième anniversaire il avait droit à la particule — était parti de son appartement de Prinzregentenstrasse à Munich, pour faire seul une assez longue promenade. Surexcité par les difficultés de son travail du matin, auquel il lui fallait justement apporter une attention toujours en garde, une circonspection et des soins infinis, une volonté pressante et rigoureuse, l'écrivain n'avait pu, même après déjeuner, arrêter en lui l'élan du mécanisme créateur, de ce *motus animi continuus* par lequel Cicéron définit l'éloquence, et il n'avait pas trouvé dans la sieste le sommeil réparateur qui, la fatigue le prenant désormais toujours un peu plus vite, lui était devenu une quotidienne nécessité. Aussi avait-il aussitôt après le thé cherché le plein air, espérant que la promenade le remettrait d'aplomb et lui vaudrait une bonne soirée de travail.

On était au commencement de mai, et après des semaines d'un froid humide venait la surprise d'un faux été. L'*Englischer Garten*, quoiqu'il ne fît encore que se parer de feuilles tendres, sentait l'orage comme au mois d'août, et Aschenbach l'avait trouvé aux abords de la ville plein de voitures et de piétons. Au restaurant de l'Aumeister où le conduisaient des allées de moins en moins fréquentées, Aschenbach avait un moment considéré l'animation populaire de la terrasse, au long de laquelle s'étaient arrêtés quelques fiacres et des équipages ; au coucher du soleil il était sorti du parc et revenait à travers la campagne ; comme il se sentait fatigué et que l'orage menaçait au-dessus de Fohring, il attendit au cimetière du Nord le tramway qui le ramènerait directement en ville.

Il se trouva qu'il n'y avait personne à la station ni aux alentours. Pas un véhicule sur la chaussée de Fohring ni dans la rue d'Unger, dont le pavé et les rails luisants se perdaient dans la solitude. Derrière les palissades des entrepreneurs de monuments funéraires, les croix, les pierres tombales et les mausolées faisaient comme un autre cimetière, inhabité celui-là ; rien n'y bougeait, et en face la chapelle, où l'on bénit les morts, reposait en silence dans le reflet du jour à son déclin. Sur sa façade décorée de croix grecques et d'images hiératiques aux couleurs claires, s'ordonnaient en lettres d'or des inscriptions symétriques, des paroles de l'Écriture relatives à l'au-delà.

— « Ils entreront dans la maison de Dieu » — « Qu'ils reçoivent la lumière éternelle » — et, pendant ces minutes d'attente, Aschenbach avait trouvé une grave distraction à déchiffrer les formules; son regard errait sur elles, sa pensée s'abandonnait à leur transparente mystique, lorsque, sous le portique, au-dessus des deux bêtes de l'Apocalypse qui gardent le perron, la vue d'un homme étrange vint le tirer de sa rêverie et imprimer à ses pensées un tout autre cours.

S'il avait surgi de l'intérieur de la chapelle par la porte de bronze, ou si, venant du dehors, il avait sans qu'Aschenbach y prît garde gravi les marches, celui-ci ne savait. Il penchait plutôt, sans s'y appesantir, vers la première hypothèse. De stature moyenne, maigre, sans barbe, le nez extraordinairement camus, cet homme appartenait au type roux dont il avait le teint de lait et la peau tavelée. De toute évidence il n'était pas Bavarois : du moins un chapeau de Manille à grands bords droits lui donnait-il l'air d'être étranger, de venir de pays exotiques; par contre, le sac de montagne suspendu à ses épaules était bien celui que l'on voit en Bavière. Son costume de sport de ton jaunâtre semblait être en loden; du bras gauche appuyé à l'aine, il tenait un manteau de pluie gris, et à la main droite un bâton ferré fiché en terre, à la poignée duquel il s'appuyait de la hanche en croisant les pieds l'un sur l'autre. Sa tête dressée dégageait de la chemise ouverte un cou long et sec où venait s'accuser la pomme d'Adam; de ses yeux sans couleur, ombrés de cils roux et barrés verticalement de deux plis énergiques qui s'accordaient curieusement au nez retroussé, il fouillait l'horizon. Ainsi — et peut-être ne paraissait-il si altier que parce qu'il était posté en haut des marches — son attitude avait quelque chose d'impérieux, de dominateur, d'audacieux, et même de farouche; car, soit qu'il grimaçât parce que le soleil couchant l'éblouissait, soit qu'il s'agît d'une déformation permanente des traits, ses lèvres, qui semblaient trop courtes, découvraient entièrement des dents longues et blanches dont les deux rangées saillaient entre les gencives.

Peut-être Aschenbach avait-il mis de l'indiscrétion dans le regard mi-distrait, mi-inquisiteur, dont il avait examiné l'étranger; soudain il s'aperçut que celui-ci, à son tour, le fixait, et à vrai dire de façon si agressive, avec un air si évidemment décidé à pousser la provocation et à forcer le regard de l'autre à se dérober, qu'Aschenbach, désagréablement touché, se détourna et se mit à marcher le long de la palissade, s'astreignant momentanément à ne plus faire attention à l'homme. L'instant d'après, il l'avait oublié. Soit qu'à l'apparition de l'étranger des visions de voyage eussent frappé son imagination, ou bien que quelque autre influence physique ou morale fût en jeu, à sa surprise il éprouva au-dedans de lui comme un étrange élargissement, une sorte d'inquiétude vagabonde, le juvénile désir d'un cœur altéré de lointain, un sentiment si vif, si nouveau, dès si longtemps oublié ou désappris que, les mains dans le dos et les yeux baissés, il s'arrêta, rivé au sol, pour examiner la nature et l'objet de son émotion.

C'était envie de voyager, rien de plus; mais à vrai dire une envie passionnée, le prenant en coup de foudre, et s'exaltant jusqu'à l'hallucination. Son désir se faisait visionnaire, son imagination, qui n'avait point encore reposé depuis le travail du matin, inventait une illustration à chacune des mille merveilles, des mille horreurs de la terre, que d'un coup elle tâchait de se représenter : il voyait — il le voyait — un paysage, un marais des tropiques, sous un ciel lourd de vapeurs, moite, exubérant et monstrueux, une sorte de chaos primitif fait d'îles, de lagunes et de bras de rivière charriant du limon; d'une profusion de fougères luxuriantes, d'un abîme végétal de plantes grasses, gonflées, épanouies en fantastiques floraisons, il voyait d'un bout à l'autre de l'horizon surgir des palmiers aux troncs velus; il voyait des arbres aux difformités bizarres jeter en l'air des racines qui revenaient ensuite prendre terre, plonger dans l'ombre et l'éclat d'un océan aux flots glauques et figés, où, entre des fleurs flottant à la surface, blanches comme du lait et larges comme des jattes, des oiseaux exotiques au bec informe se tenaient sur les bas-fonds, le cou rentré dans les ailes, l'œil de côté et le regard immobile; il voyait étinceler les prunelles d'un tigre tapi entre les cannes noueuses d'un fourré de bambous — et il sentit son cœur battre plus fort, d'horreur et d'énigmatique désir. Puis la vision s'évanouit; et, secouant la tête, Aschenbach reprit sa promenade au long de la palissade et des monuments funéraires.

Il n'avait, tout au moins depuis qu'il pouvait explorer le monde, en tirer profit et en jouir à sa guise, considéré les voyages que comme une mesure d'hygiène qu'il lui fallait çà et là prendre en se faisant violence. Trop occupé aux tâches que lui proposaient son Moi et le Moi européen, trop grevé par l'obligation de produire, trop peu enclin à se distraire pour goûter en dilettante le chatoiement du monde des apparences, il s'était jusque-là aisément contenté de l'image que chacun peut se faire de la surface du globe sans beaucoup bouger de son cercle, et la tentation ne lui était jamais venue de quitter le continent. Et puis, sa vie lentement commençait à décliner; une appréhension d'artiste de ne pas finir, le souci de penser que l'horloge pourrait s'arrêter avant qu'il se fût réalisé et pleinement donné — tout cela devenant plus qu'un papillon noir que l'on chasse de la main — il avait presque entièrement arrêté les limites sensibles de son existence à cette belle ville, devenue sa ville, et au coin de campagne rude où il s'était installé dans la montagne, et où il passait les pluvieux étés.

D'ailleurs cette fantaisie qui venait de le prendre,

si tard et si soudain, sa raison et une maîtrise de soi à laquelle il s'était exercé depuis son jeune âge eurent vite fait de la modérer et de la mettre au point. Son intention était avant de se rendre à la campagne de conduire jusqu'à un endroit déterminé l'œuvre à laquelle il vouait sa vie; l'idée d'une randonnée lointaine qui le distrairait de sa tâche des mois durant semblait trop frivole et contraire à son dessein, il ne s'y fallait point arrêter. Et pourtant il ne savait que trop pourquoi il avait ainsi été pris à l'improviste. Impulsif besoin de fuir; telle était, qu'il se l'avouât, cette nostalgie du lointain, du nouveau, tel cet avide désir de se sentir libre, de jeter le fardeau, d'oublier — besoin d'échapper à son œuvre, au lieu où chaque jour il la servait d'un cœur inflexible, avec une passion froide. Son service, en vérité, il l'aimait, et déjà presque il aimait la lutte énervante et chaque jour renouvelée de sa volonté tenace, fière, éprouvée, contre une lassitude croissante que tous devaient ignorer et qu'aucun fléchissement, aucun signe de laisser-aller dans sa production ne devaient trahir. Mais il paraissait raisonnable de ne pas trop bander l'arc, et de ne pas s'entêter à étouffer une impulsion jaillissant si vive et si spontanée. Il pensa à son travail, au passage qui, ce jour comme la veille déjà, l'avait arrêté. La résistance semblait ne devoir ni céder à un soin patient, ni être enlevée en un tour de main. Il recommença de l'examiner, essayant tantôt de trancher le nœud, tantôt de le délier, et malgré lui, avec un frémissement, il lâcha prise. Ce n'est pas que la difficulté fût extraordinaire, mais il était paralysé par des scrupules, le déplaisir, les agacements d'une exigence qui en venait à ne pouvoir plus se satisfaire de rien. L'insatisfaction, certes il l'avait dès l'adolescence tenue pour l'essence même, le fond intime du talent. Pour l'amour d'elle il avait refréné le sentiment, il l'avait empêché de s'échauffer, parce qu'il le savait insouciant, enclin à se contenter d'à-peu-près, d'une demi-perfection. La sensibilité asservie se vengeait-elle donc en l'abandonnant, en se refusant à porter plus loin son art, à lui donner des ailes, en emportant avec elle tout le plaisir, le ravissement que c'est de mettre en forme, d'exprimer? Non pas que ce qu'il écrivait fût mauvais. En cela au moins résidait le privilège de l'âge, qu'à chaque moment, sans effort, il se sentait assuré de sa maîtrise. Mais celle-ci, alors que la nation lui rendait hommage, ne lui donnait à lui-même point de joie, et il avait l'impression que quelque chose, visiblement, faisait défaut à son œuvre, qu'elle ne portait plus la marque d'une fantaisie ardente à se jouer, née du plaisir d'écrire, et engendrant le plaisir de lire, mieux que ne sauraient le faire richesse et profondeur. Il redoutait l'été à la campagne, la solitude dans la petite maison, avec la servante qui lui préparait ses repas et le domestique qui les lui servait, redoutait les visages familiers des montagnes dont sommets et versants allaient recommencer de faire cercle autour de sa personne, lente au travail et morose. Il lui fallait une détente, un peu d'imprévu, de flânerie, l'air du large qui lui rafraîchirait le sang, pour que l'été fût supportable et donnât des fruits. Il voyagerait donc — soit. Pas trop loin, pas précisément jusqu'au pays des tigres. Une nuit en wagon-lit, et un farniente de trois ou quatre semaines dans quelque station cosmopolite du riant Midi.

Ainsi allait sa pensée tandis que se rapprochait le bruit du tramway venu par la rue d'Unger; en montant il décida de consacrer la soirée à l'étude des cartes et des indicateurs. Sur la plate-forme l'homme au panama, ce compagnon d'un moment qui n'était pas indifférent, lui revint à l'esprit. Il le chercha des yeux, mais ne put se rendre compte s'il était encore là. On ne le découvrait ni à l'endroit où il s'était tout à l'heure tenu, ni sur la place, ni dans le tramway.

2.

L'auteur du limpide et puissant récit de la vie épique de *Frédéric de Prusse*, le patient artiste qui dans son roman *Maïa*, comme en une tapisserie où mille personnages s'assemblent à l'ombre d'une idée, s'était longuement appliqué à entrelacer des destinées diverses, celui dont le vigoureux talent conçut l'histoire d'*Un misérable*, et révéla aux jeunes reconnaissants que par-delà les abîmes explorés une morale ferme était possible, enfin (et ici s'arrête la liste des œuvres de sa maturité) l'auteur d'*Art et Spiritualité*, cet essai tout de passion, dont la force ordonnatrice et les éloquentes oppositions avaient pu être mises par de bons juges en parallèle avec le traité *Du naïf et du sentimental*, de Schiller — Aschenbach donc était né à L., chef-lieu d'un district de Silésie où son père occupait un haut emploi dans la magistrature. Ses ancêtres, officiers, magistrats, administrateurs, avaient mené au service du roi et de l'État une existence compassée, digne, médiocre. Ce qu'il y avait en eux de spiritualité s'était un jour incarné en la personne d'un prédicateur. A la génération précédente, la mère de l'écrivain, fille d'un maître de chapelle tchèque, avait introduit dans la famille un sang plus chaud. C'était d'elle qu'il tenait les traits de race étrangère que l'on remarquait en sa personne. L'alliance d'une conscience professionnelle austère et de troubles, d'impulsives ardeurs, avait fait de lui un et cet artiste.

Toute sa personne suspendue à l'idée de gloire, sans qu'il fût vraiment précoce, de bonne heure il parut à son ton décidé, personnel et prenant qu'il agirait avec succès sur un public. A peine échappé au collège il se faisait un nom. Dix ans plus tard il avait, en se tenant dans son cabinet de travail, appris à jouer au personnage, à administrer sa célébrité, à répondre aux lettres en formules qu'il fallait brèves — tant se sentent harcelés ceux qui réussissent et inspirent confiance — sans cesser d'être aimables et expressives. A quarante ans, alors que le labeur accidenté de l'écrivain lui coûtait un effort, il devait tenir à jour un courrier qui portait les timbres de tous les pays du monde.

A égale distance de l'excentrique et du banal, son talent était de nature à lui attirer à la fois les suffrages du grand public et cette admiration des connaisseurs qui oblige l'artiste. Aussi s'était-il dès ses débuts trouvé tenu de répondre à toutes les attentes, même les plus hautes, et il n'avait pas connu le loisir, l'insouciant abandon des vingt ans. A trente-cinq ans il tomba malade à Vienne, et comme on parlait de lui dans le monde, quelqu'un finement fit cette remarque : « Aschenbach, voyez-vous, a toujours vécu comme ceci » — et il montrait le poing gauche serré — « jamais comme ça » — et il laissait négligemment pendre la main droite sur le bras du fauteuil. L'observation portait juste; le courage à vivre ainsi avait d'ailleurs d'autant plus de mérite qu'Aschenbach n'était rien moins que robuste, et qu'avec sa frêle nature il n'était pas tant né pour l'effort que voué à lui.

Dans son enfance, les médecins avaient déconseillé le collège et on avait dû l'instruire à la maison. Grandi seul, sans camarades, il s'était pourtant de bonne heure rendu compte qu'il appartenait à une génération où était rare, non point le talent, mais le fonds de santé dont le talent a besoin pour s'épanouir — une génération où l'artiste a tôt jeté son plus beau feu et souvent se consume avant l'âge. Mais sa parole favorite était « tenir »; dans son *Frédéric le Grand*, il n'avait pas tendu à autre chose qu'à la glorification de cet impératif où lui semblait venir se cristalliser toute idée de vertu passive et active. Il formait aussi le vœu ardent de vivre longtemps, car il avait toujours été convaincu que celui-là seul est un artiste, grand, total et vénérable vraiment, à qui il est donné d'exercer sa puissance créatrice et de représenter l'homme à tous les âges de la vie.

Devant, avec des épaules délicates, porter les charges du talent, et voulant aller jusqu'au bout, il avait un extrême besoin de discipline — la discipline, heureusement, il l'avait dans le sang du côté paternel. A cinquante, à quarante ans et même plus jeune, à un âge où d'autres se gaspillent, dissipent l'enthousiasme, remettent tranquillement l'exécution de grands projets, lui se levait avant l'aube. Il s'aspergeait le torse d'eau froide et, devant son manuscrit encadré de deux grandes bougies de cire dans des chandeliers d'argent, pendant deux ou trois heures il offrait à l'art, d'un cœur fervent, le sacrifice des forces amassées durant le sommeil. Ne fallait-il point excuser — leur erreur étant d'ailleurs le signe certain de sa victoire morale — ceux qui ne le connaissant pas prenaient le cosmos de sa *Maïa* ou les fresques de la Vie épique de *Frédéric le Grand* pour des œuvres venues d'un jet, alors qu'elles avaient été bâties à petites journées, qu'elles n'avaient monté si haut qu'à coups d'inspiration mille fois répétés, et qu'elles n'excellaient tant, n'étaient si parfaites dans l'ensemble et en chaque détail, que parce que l'auteur, avec une volonté et une ténacité comparables à celles du conquérant de sa natale Silésie, s'était pendant des années tenu à la même œuvre, lui consacrant à l'exclusion de tout le reste des heures où lui venaient la force et la grâce.

Pour qu'une œuvre de haute intellectualité agisse immédiatement et profondément sur le grand public, il faut qu'il y ait secrète parenté — voire même identité entre le destin personnel de l'auteur et le destin anonyme de sa génération. Les contemporains ne savent pas pourquoi ils acclament une œuvre d'art. Connaisseurs ? Non. Ils n'y veulent découvrir tant de qualités que pour justifier leur faveur; au fond, elle tient à des impondérables, elle est sympathie. Dans un de ses livres, Aschenbach avait glissé cette remarque que presque toute grandeur existante existe en vertu d'un « Quand même! », à la façon d'un défi jeté aux mille empêchements que constituent chagrin, tourment, pauvreté, abandon, fragilité, vice, passion. Plus qu'une remarque, c'était une expérience, la formule même de sa vie, de son succès, la clé de son œuvre; quoi d'étonnant dès lors à ce que ce fût aussi attitude et trait profond de ses personnages les plus significatifs ?

De ce héros d'une espèce nouvelle qui s'incarnait tour à tour dans chacune des figures favorites du romancier, un pénétrant analyste avait tout de suite remarqué qu'il représentait un type intellectuel et viril d'adolescent retranché dans sa pudeur et serrant les dents tandis qu'épées et traits transpercent son corps immobile. Le mot était joli, spirituel, exact aussi, encore qu'en apparence il insistât trop sur la note passive. Car se dresser en face du destin, et garder de la grâce dans les tourments, ce n'est pas seulement subir, c'est agir, triompher positivement, et la figure de saint Sébastien est le plus beau symbole, sinon de l'art en général, du moins de cet art-ci. A travers la fiction, on reconnaissait dans les romans d'Aschenbach ces incarnations successives : l'homme qui se domine et a l'élégance de cacher aux regards du monde, jusqu'à la dernière minute, le mal qui le mine et sa ruine physiologique; celui qui, attisant la bilieuse sensualité d'organes médiocres, sait tirer du feu qui couvait en lui une flamme pure et transposer triomphalement dans le plan de la beauté la laideur dont il était parti; cet autre, blême et débile, qui puise au gouffre brûlant de l'esprit ce qu'il faut de force pour jeter au pied de la croix, à ses pieds, tout un peuple présomptueux; cet autre encore qui se tient, souriant, au service d'une forme austère et vide; celui qu'épuise sa vie mensongère et dangereuse, que consument depuis sa naissance l'art et le besoin de faire des dupes : le spectacle de si complexes destins amène à se demander s'il a jamais existé d'autre héroïsme que celui de la faiblesse, ou si en tout cas ce type de héros n'est pas proprement celui de notre époque? Gustav Aschenbach était le poète de tous ceux qui à la frange de l'épuisement travaillent, qui sont accablés, usés déjà, et tiennent debout encore, de ces moralistes de la prouesse qui, frêles de nature et manquant de facilité, réussissent, à coups de volonté et par une sage économie, à tirer d'eux, pour un temps au moins, des effets de grandeur. On en compte plus d'un; ils sont les héros de notre époque. Et tous se reconnaissaient dans son œuvre, ils y trouvaient leur moi confirmé, lyriquement exalté, et lui savaient gré, se faisaient ses annonciateurs.

Il avait partagé l'élan jeune et brutal du siècle, et par lui poussé il n'avait pas redouté les faux pas, les écarts; il s'était publiquement livré au mal, exposé sans tact, sans discernement, dans ses discours et ses écrits. Mais il avait atteint à cette dignité dont il affirmait que dès toujours elle excite de son aiguillon le vrai talent, et l'on peut dire que son évolution n'avait été qu'une ascension vers des hauteurs ou à force de méthode, en se raidissant, il était monté, par-delà les obstacles du doute et de l'ironie.

La vie, la richesse des formes d'art qui parlent aux sens sans engager l'esprit, captivent la masse bourgeoise, mais la jeunesse passionnée et absolue ne s'attache qu'au problématique, et Aschenbach, plus que nul autre adolescent, avait été absolu et problématique. Il s'était montré purement, servilement cérébral; de la connaissance il avait fait un moyen de brigandage, il avait coupé le blé en herbe, profané des mystères, suspecté le talent, trahi l'art — et tandis que ses imaginations entretenaient, animaient, édifiaient des lecteurs qui aimaient son œuvre d'un amour naïf, un défaut de maturité lui avait fait tenir à la jeunesse suspendue à ses lèvres de cyniques propos sur la nature équivoque de l'art et des artistes.

Il est probable que chez l'homme de valeur et

de quelque noblesse, rien ne s'émousse plus aisément, plus définitivement, que le goût de la connaissance qui pique, excite et laisse de l'amertume; et il est certain que la sévère et mélancolique volonté des jeunes gens d'aller jusqu'au bout du savoir pèse peu auprès de cette résolution profonde de l'âge viril où l'artiste devenu un maître dit non au savoir, l'écarte, le dépasse, tête haute, s'il est de nature à amoindrir la volonté, à décourager de l'action, ou même à ôter de sa grandeur à la passion. Qu'était son célèbre *Misérable* sinon une explosion de dégoût en face de l'indécent « psychologisme » de l'époque, incarné dans la molle et niaise personne de ce douteux personnage aux démarches de reptile, qui se fait un sort en poussant par impuissance, vice, ou velléité morale, sa femme dans les bras d'un éphèbe, et sous prétexte de profondeur se croit les indélicatesses permises? La vigueur des termes dans lesquels il y réprouvait ce qui est répréhensible annonçait une volonté de renier toute morale incertaine, toute sympathie avec les abîmes, de renoncer au relâchement, à cette molle pitié qui fait dire que tout comprendre c'est tout pardonner : déjà en cet ouvrage s'accomplissait le « miracle de la spontanéité retrouvée » sur lequel il devait quelque temps après, dans un de ses dialogues, insister avec un ton de mystère. Étrange concordance! avec cette « renaissance » de l'esprit — la sévérité, la discipline reconquise en étaient-elles la cause? — le goût du beau prenait en lui une vivacité nouvelle, excessive presque, et on trouvait dans son œuvre ce sens aristocratique de la mesure, de la simplicité, de la pureté des formes, ce style, ostensiblement, volontairement classique, qui ne cessa dès lors de la distinguer. Mais prendre si ferme position par-delà le savoir, étouffer la gênante, la dissolvante curiosité intellectuelle, n'est-ce pas aussi ramener l'univers et l'âme à une simplicité bien simple, et rendre une autre puissance au mal, à ce qui est prohibé, déréglé? Et le style lui-même n'a-t-il pas double visage? N'est-il pas à la fois moral et immoral — moral en tant qu'il tient à une discipline et qu'il la formule, mais aussi immoral, et même antimoral, en tant qu'il suppose par nature l'indifférence à toute moralité et qu'il a précisément pour tendance essentielle de réduire la moralité, de la subordonner à sa hautaine et absolue tyrannie?

D'ailleurs, évoluer, c'est céder à la fatalité et l'on n'imagine guère un artiste fournissant la même carrière s'il a la sympathie et la confiance passive du grand public, ou bien s'il va seul, sans l'éclat de la gloire et les obligations qu'elle crée. Seuls ceux qui sont voués à une éternelle bohème trouveront fade et souriront de voir un beau talent échapper au libertinage, passer de la chrysalide à l'être accompli, ne plus consentir au laisser-aller de l'esprit, estimer la tenue, la trouver expressive, s'enfermer dans une aristocratique solitude, et y livrer sans secours le douloureux, le farouche combat qui conduit aux honneurs, au pouvoir. Et puis quel jeu, quel défi, quelle jouissance n'est-ce pas de travailler ainsi à soi en artiste! Avec les années, les propos d'Aschenbach avaient pris quelque chose de pédant, d'officiel; peu à peu son style se dépouillait, on n'y trouvait plus les jaillissantes hardiesses, l'originalité, la subtilité de nuance des premiers temps, il se donnait en exemple, se faisait norme, se polissait selon la tradition, devenait conservateur, formel, voire sentencieux, et en vieillissant il bannissait de son langage, à la façon dont on rapporte que Louis XIV le faisait, toute expression vulgaire. C'est à ce moment-là que l'administration universitaire introduisit des pages choisies de son œuvre dans les livres de lecture prescrits pour les écoles. Une telle mesure lui agréait profondément et il se garda de refuser le titre de noblesse dont le jeune Empereur voulut dès son avènement récompenser l'auteur de *Frédéric le Grand*.

Après quelques années vagabondes, quelques essais de s'installer tantôt ici, tantôt là, il se fixa de bonne heure à Munich et y vécut entouré de la considération bourgeoise dont il arrive à l'intellectuel de jouir dans certains cas. Ayant épousé jeune encore la fille d'un savant, il connut une brève période de bonheur à laquelle la mort de sa femme mit fin. Il lui restait une fille, mariée déjà. Il n'avait pas eu de fils.

Gustav d'Aschenbach était de taille un peu au-dessous de la moyenne, brun, le visage entièrement rasé. Sa tête paraissait assez forte par rapport au corps plutôt délicat. Ses cheveux ramenés en arrière, clairsemés au sommet de la tête, drus et grisonnants aux tempes, encadraient un front haut, raviné et que l'on eût dit couvert de cicatrices. Le ressort doré de verres non cerclés entaillait à la racine un nez aquilin et ramassé. Ses lèvres à l'ordinaire se fermaient mollement, ou bien elles se contractaient, rétrécissant soudain la bouche, qu'il avait assez grande; ses joues maigres étaient creusées de sillons et à son menton bien fait on voyait une fossette. On eût dit que le destin dans de graves occasions avait laissé sa griffe sur cette physionomie volontiers inclinée avec une expression de souffrance, alors qu'elle ne devait qu'à l'art un modelé qui tient ordinairement aux péripéties d'une existence agitée. De ce front avaient jailli les étincelantes reparties des entretiens de Voltaire avec Frédéric II au sujet de la guerre; ces yeux, dont venait à travers le lorgnon un regard profond et las, avaient découvert l'enfer sanglant des ambulances de la guerre de Sept ans. L'exaltation de vie que l'art donne aux choses, il la donne aussi à l'artiste créateur; il lui fait un bonheur qui va plus avant, une flamme qui consume plus vite. Il grave sur la face des fervents le dessin d'aventures intellectuelles, de chimères, et vécussent-ils comme en la retraite du cloître, à la longue il leur donne, à un point rare même chez un viveur, des nerfs affinés, subtils, toujours las et toujours en éveil...

3.

Après son étrange promenade, le romancier se trouva encore retenu pendant quelques semaines à Munich par son travail et ses affaires. Mais il était pressé de partir. Enfin, au milieu de mai, il put donner l'ordre que l'on tînt sa maison de campagne prête à le recevoir le mois suivant, et aussitôt il prit le train de nuit pour Trieste. Il ne s'arrêta qu'une journée dans cette ville où le lendemain il prenait le bateau pour Pola.

Il cherchait la note exotique, le dépaysement, choses aisées à trouver en somme, et il s'installa dans une île de l'Adriatique nouvellement mise à la mode, près de la côte d'Istrie; on y trouvait une population paysanne aux haillons pittoresques qui parle un dialecte dont on ne comprend pas un mot, et de belles falaises déchiquetées du côté du large. Mais il pleuvait, l'air était lourd, l'hôtel peuplé de petite-bourgeoisie autrichienne fermée aux étrangers, et la côte n'avait point de ces molles plages de sable qui, seules, vous mettent sur un pied de familiarité avec la mer. Tout cela le rendait maussade, lui ôtait ce sentiment que l'on éprouve lorsqu'on est bien tombé. Une inquiétude, quelque chose en lui le poussait à partir sans savoir encore où se rendre. Il étudiait l'horaire des bateaux, il interrogeait l'horizon, et tout d'un coup — comment n'y avait-il pas pensé plus tôt? — il vit où il fallait aller. Où va-t-on quand on veut du jour au lendemain échapper à l'ordinaire, trouver l'incomparable, la fabuleuse merveille? Il le savait. Que faisait-il ici? Il s'était trompé. C'est là-bas qu'il avait voulu aller. Sans délai, il annonça à l'hôtel qu'il partait. Moins de quinze jours après son arrivée dans l'île trompeuse, par un matin embué de vapeurs, un canot automobile le ramenait à toute vitesse dans le port de guerre et il n'atterrit que pour aussitôt traverser la passerelle qui le conduisit au pont mouillé du bateau prêt à appareiller pour Venise.

C'était un bateau de nationalité italienne, vétuste, noir et couvert de suie. Aussitôt qu'Aschenbach eut mis le pied sur le pont, un matelot bossu, malpropre, l'entraîna avec ces grimaces qui veulent être polies vers une cabine qui avait l'air d'une caverne avec son éclairage artificiel. Derrière une table, le chapeau sur l'oreille, un mégot aux lèvres, un homme à barbe de bouc et aux manières de directeur de cirque de province le reçut avec de nouvelles grimaces, prenant des airs dégagés pour inscrire les voyageurs et leur délivrer leur billet. « Venise!

répéta-t-il à la suite d'Aschenbach, en étendant le bras et en tournant sa plume dans la bourbe de l'encrier qu'il tenait penché devant lui. Venise, première! voilà monsieur! » Il traça des pattes de mouche, versa sur l'encre fraîche du sable bleu qu'il fit retomber dans une sébile de terre, fit de ses doigts jaunes et noueux un pli au papier et se remit à écrire. Tout en griffonnant il bavardait. « Vous allez à un bel endroit! Ah! Venise! Quelle ville! Quel charme pour ceux qui s'y connaissent! et son passé — et ce qu'on y voit aujourd'hui — irrésistible! » En un clin d'œil il encaissa et rendit la monnaie qu'avec le tour de main d'un croupier il fit glisser sur le drap taché de son bureau. « Amusez-vous bien, monsieur, ajouta-t-il en faisant une révérence de théâtre. C'est un honneur pour moi de vous transporter... messieurs! » et du bras levé il appelait les suivants comme si l'on eût fait queue à la porte, encore qu'il n'y eût là plus un seul client. Aschenbach retourna sur le pont.

Un coude sur le bastingage, il regarda la foule désœuvrée qui flânait sur le quai en attendant de voir partir le bateau et les passagers du bord. Ceux de seconde classe étaient installés à l'avant sur des ballots et des caisses. Les voyageurs de première semblaient être des employés de magasin de Pola, un groupe de jeunes gens qui s'étaient entendus pour faire une excursion en Italie et que le voyage excitait. Ils en faisaient une grande affaire, s'étalaient, bavardaient, riaient, jouissaient d'eux-mêmes et de leurs poses avec fatuité, et se penchant par-dessus bord ils lançaient aux camarades qui, longeant la rue du port, se rendaient à leurs affaires la serviette sous le bras, des lazzi auxquels ceux-ci répondaient en menaçant du bout de la canne leurs amis en fugue. L'un des jeunes gens, un garçon à la voix pincharde qui portait avec une cravate rouge et un panama à courbe audacieuse un costume d'été jaune clair de coupe extravagante, se montrait particulièrement lancé. Mais l'ayant considéré de plus près, Aschenbach constata avec horreur qu'il avait devant lui un faux jeune homme. Nul doute, c'était un vieux beau. Sa bouche, ses yeux avaient des rides. Le carmin mat de ses joues était du fard, sa chevelure, noire sous le chapeau à ruban de couleur, une perruque; le cou flasque laissait voir des veines gonflées; la petite moustache retroussée et la mouche au menton étaient teintes; les dents, que son rire découvrait en une rangée continue, fausses et faites à bon marché, et ses mains qui portaient aux deux index des bagues à camées étaient celles d'un vieillard. Frémissant de répulsion, Aschenbach observait son attitude et celle de ses compagnons. Ceux-ci ne sentaient-ils point la sénilité de leur ami? Cela ne les choquait-il pas de le voir s'habiller de fantaisie, rechercher leurs élégances et se faire passer pour un des leurs? Mais on eût dit qu'ils l'acceptaient tout naturellement parmi eux, qu'ils en avaient l'habitude; ils ne faisaient pas de différence entre eux et lui, répondaient sans répugnance à ses coups de coude et à ses plaisanteries. « Comment cela se fait-il ? » se demanda Aschenbach en passant la main sur son front, et il ferma ses paupières qui lui faisaient mal, car il n'avait pas assez dormi. Il se trouvait entraîné hors du réel et comme engagé dans une aventure, un rêve où le monde changeait, subissait d'étranges déformations auxquelles il allait peut-être mettre un terme en posant un écran devant ses yeux avant de les lever à nouveau sur l'entourage. Mais à ce moment même il eut l'impression d'un flottement et, soudain pris d'une sotte peur, il regarda, vit que la coque lourde et sombre du bateau se détachait lentement du quai de pierre. Pouce à pouce, avançant et reculant sous l'effort de la machine, on voyait s'élargir entre quai et bateau la bande d'eau grasse et diaprée et, après de gauches manœuvres, le vapeur finit par tourner sa proue vers le large. Aschenbach alla s'asseoir à tribord où le bossu lui avait installé sa chaise longue, et un steward en frac graisseux vint lui offrir ses services.

Le ciel était gris, le vent humide. On avait perdu de vue le port et les îles, et la côte disparut bientôt à l'horizon embué de vapeurs. La cheminée laissait retomber des noirées gonflées d'humidité sur le pont frais lavé qui ne voulait pas sécher. On n'était pas en route depuis une heure qu'il fallut déployer la tente, car il commençait à pleuvoir.

Enveloppé dans son manteau, le voyageur reposait, un livre sur ses genoux, et les heures passaient sans qu'il s'en aperçût. La pluie avait cessé; on enleva la tente. L'horizon était parfaitement net. Alentour, sous la coupe grise du ciel, rien que la mer immense et déserte. Mais dans le vide, dans l'espace indivisé, nous perdons aussi la notion de durée et notre esprit se noie dans la démesure. Ainsi allongé, Aschenbach voyait passer dans un rêve le vieux beau, l'homme au bouc de tout à l'heure, d'étranges silhouettes dont il n'arrivait à saisir ni les gestes, ni les paroles; il finit par s'endormir.

A midi, on le pria de passer pour le déjeuner dans la salle à manger en boyau sur laquelle s'ouvraient les cabines; au bout opposé de la longue table il retrouva les commis et leur sénile compagnon attablés là depuis dix heures et buvant avec le joyeux capitaine. La chère était maigre et il expédia son repas. Il avait besoin de sortir, de regarder le ciel, de voir s'il n'y aurait pas une éclaircie sur Venise.

Il ne lui semblait pas qu'il pût en être autrement, car la ville l'avait toujours accueilli dans un nimbe de lumière, mais ciel et mer restaient chargés et livides, par instants il bruinait; il se résigna à l'idée d'aborder du côté de la mer une Venise autre que celle qu'il découvrait autrefois en venant par terre. Il s'adossa au mât de misaine, laissant errer au loin son regard qui cherchait la terre. Il songeait à son enthousiaste et mélancolique jeunesse qui avait jadis vu surgir de ces flots les coupoles et les campaniles dont il avait tant rêvé; dans sa mémoire chantaient des vers, de ceux dont vénération, bonheur, mélancolie, lui avaient en ce temps-là inspiré l'harmonieuse cadence, et bercé par des sentiments qui avaient une fois déjà trouvé expression, il interrogeait son cœur grave et las, se demandant s'il serait donné au touriste venu pour flâner de retrouver l'enthousiasme ancien, et si ne l'attendait pas peut-être quelque tardive aventure sentimentale.

A sa droite, la côte se dessina toute plate. Des bateaux de pêche donnaient de l'animation à la mer. On vit paraître l'île aux Bains, que le vapeur laissa à sa gauche, pour traverser au ralenti l'étroite passe du même nom, et finalement s'arrêter sur la lagune, en face de misérables maisons bariolées, en attendant le canot du service de santé.

Il fallut l'attendre une heure. On était arrivé sans l'être. Rien ne pressait, et l'on s'impatientait pourtant. Les jouvenceaux de Pola dont la fibre patriotique vibrait sans doute un peu à cause des coups de clairon venus par-dessus l'eau du côté du jardin public, étaient montés sur le pont et, le vin d'Asti aidant, ils poussaient des hourras patriotiques en l'honneur des bersaglieri que l'on apercevait en face sur la place d'exercice. Mais c'était un spectacle répugnant de voir dans quel état s'était mis l'homme grimé en s'associant à ses juvéniles compagnons. Le vin que portait bien une robuste jeunesse avait monté à la tête du vieux dont l'ivresse était piteuse. Le regard chaviré, une cigarette entre ses doigts agités d'un tremblement, il titubait sur place, ballotté d'avant en arrière, d'arrière en avant, et gardait à grand-peine l'équilibre. Comme il n'aurait pas fait un pas sans choir, il se gardait d'avancer, et néanmoins lancé, il se livrait à des accès d'affligeante gaîté, attrapait par le bouton tous ceux qui s'approchaient de lui, leur tenait des propos sans suite, clignait de l'œil, pouffait de rire, levait pour de niaises plaisanteries son doigt couvert de bagues et de rides, et avec d'ignobles sous-entendus se léchait du bout de la langue la commissure des lèvres. Aschenbach le regardait faire les sourcils froncés, et de nouveau il sentit sa tête se prendre comme au spectacle d'un monde qui légèrement mais irrésistiblement tournerait au fantastique, grimacerait, irait se défigurant; sans d'ailleurs s'arrêter à cette impression : on allait descendre, les trépidations de la machine recommençaient et le bateau reprenait à travers le canal de San Marco son trajet interrompu au moment d'accoster.

C'était donc elle, il allait une fois encore y atterrir à cette place qui confond l'imagination et dont l'éblouissante, la fantastique architecture emplissait d'émerveillement et de respect les navigateurs abordant autrefois le territoire de la république : l'antique magnificence du Palais et le Pont aux soupirs, sur la rive, les colonnes, le lion, le saint, la fastueuse aile en saillie du temple fabuleux, la vue sur la Porte et la Grande Horloge; et à ce spectacle il se prenait à penser qu'arriver à Venise par le chemin de fer, c'était entrer dans un palais par la porte de derrière; il ne fallait pas approcher l'invraisemblable cité autrement que comme lui, en bateau, par le large.

La machine stoppa, des gondoles s'avancèrent; on rabattit la passerelle, les douaniers montèrent à bord pour une visite superficielle des bagages; on pouvait descendre à terre. Aschenbach exprima le désir d'avoir une gondole qui le conduisît avec son bagage jusqu'à la station de bateaux-mouches qui font le service entre la ville et le Lido, car il avait l'intention de s'installer tout contre la mer. Entendu! Des ordres sont lancés aux gondoliers qui dans leurs gondoles se disputent en patois vénitien. Aschenbach veut descendre, mais il en est empêché par sa malle précisément, que l'on tire, traîne, pousse péniblement au long de l'escalier en échelle. Le voilà donc condamné à subir pendant quelques minutes l'horrible vieux beau et les discrètes salutations dans lesquelles son ivresse le fait se répandre vis-à-vis de l'étranger. « Bon séjour, monsieur, bon séjour à Venise », bêle l'homme en faisant des ronds de jambe. « Mille hommages et ne nous oubliez pas. Au revoir, *excusez und bon jour, Euer, Exzellenz!* » Il bave, plisse les paupières, lèche le coin de ses lèvres et l'on voit les poils de sa mouche teinte se hérisser sur son menton : « Meilleurs compliments, bafouille-t-il, touchant sa bouche du bout des deux doigts, meilleurs compliments à la bonne amie, à la très belle, très chère, très bonne amie... » et soudain sa mâchoire laisse tomber un râtelier qui pend sur la lèvre inférieure. Aschenbach lui échappe. « A la bonne amie, à la belle amie », poursuit l'autre d'une voix avinée et qui roucoule entre deux hoquets, pendant que le voyageur descend la raide passerelle en se tenant à la corde.

Qui ne serait pris d'un léger frisson et n'aurait à maîtriser une aversion, une appréhension secrète si c'est la première fois, ou au moins la première fois depuis longtemps, qu'il met le pied dans une gondole vénitienne? Étrange embarcation, héritée telle quelle du Moyen Age, et d'un noir tout particulier comme on n'en voit qu'aux cercueils — cela rappelle les silencieuses et criminelles aventures de nuits où l'on n'entend que le clapotis des eaux; cela suggère l'idée de la mort elle-même, de corps transportés sur des civières, d'événements funèbres, d'un suprême et muet voyage. Et le siège d'une telle barque, avec sa laque funéraire et le noir mat des coussins de velours, n'est-ce pas le fauteuil le plus voluptueux, le plus moelleux, le plus amollissant du monde? Aschenbach s'en aperçut lorsqu'il se fut installé aux pieds du gondolier en face de ses bagages, soigneusement rassemblés à l'avant relevé de la gondole. Les bateliers continuaient à se quereller avec des gestes menaçants, des mots qui sonnaient dur à son oreille et dont le sens lui échappait. Mais le remarquable silence de la cité des eaux semblait accueillir les voix avec douceur, leur ôter du corps, les égrener à la surface du flot. Dans le port, il faisait chaud. Laissant jouer sur lui le souffle tiède du sirocco, détendu, abandonné dans les coussins au rythme de l'eau qui berce, le voyageur fermait les yeux, goûtait le plaisir doux et rare pour lui de se laisser aller. « La traversée ne durera pas longtemps, pensait-il; plût au ciel qu'elle durât toujours! » Et bercé par la gondole légère, il eut la sensation de glisser, d'échapper au tumulte et aux voix.

Comme le silence grandissait autour de lui! On ne percevait que le bruit des rames retombant en cadence et le clapotis des vagues fendues par l'avant de la barque qui se dressait bien au-dessus du niveau, noir, raide et taillé en hallebarde à son extrême pointe — et pourtant autre chose encore se faisait entendre, une voix mystérieuse... c'était le gondolier qui murmurait, parlait tout seul entre ses dents, à mots entrecoupés, entre deux coups de rame. Aschenbach leva les yeux et il eut un léger mouvement de surprise en constatant que son gondolier ramait vers le large. Il s'agissait donc de ne pas s'oublier tout à fait et de veiller à ce que l'homme exécutât les ordres reçus.

— A la station de bateaux, n'est-ce pas? dit-il en se retournant à moitié. Mais le gondolier se contenta d'interrompre son monologue et ne répondit pas.

— A la station de bateaux, dis-je! répéta Aschenbach en se retournant tout à fait, les yeux levés sur la figure du gondolier qui était installé par-derrière sur un siège haut d'où sa silhouette se découpait sur un ciel éteint. Cet homme de physionomie déplaisante, brutale, était habillé d'un marin bleu sur lequel s'enroulait une large ceinture jaune, et il portait crânement planté de travers un chapeau qui n'avait plus de forme et dont la paille s'en allait par endroits. Rien en lui, ni la coupe de son visage, ni sa moustache blonde et frisottante, ni son nez retroussé n'étaient d'un Italien. Quoique d'apparence plutôt chétive, au point de paraître peu fait pour son métier, il ramait avec énergie, se mettant tout entier à chaque coup de rame. Il arrivait que l'effort tirât en arrière ses lèvres qui en se retroussant découvraient les dents blanches. Fronçant ses sourcils roux et regardant de haut son client il répliqua d'un ton décidé et presque grossier :

— Vous allez au Lido?

— Sans doute, reprit Aschenbach. Mais je n'ai demandé la gondole que pour San Marco. Je prendrai ensuite le vaporetto.

— Vous ne pouvez pas, monsieur, prendre le vaporetto.

— Et pourquoi?

— Il ne transporte pas de bagages.

C'était exact. Aschenbach s'en souvint. Il se tut.

Mais ces manières rudes de l'homme, sa façon de le prendre de haut avec un étranger, qui était si peu dans les mœurs du pays, lui parurent insupportables.

— C'est mon affaire, répliqua-t-il. Et si je veux mettre mes bagages en consigne? Vous ferez demi-tour!

Le silence se fit. On n'entendait plus que le clapotis de l'eau, plus clair sous la rame, mat et sourd à la proue. Puis la voix recommença, étouffée, mystérieuse : le gondolier monologuait entre ses dents.

Que décider? Seul en barque avec ce gaillard étrange, sinistre et résolu, le voyageur ne savait comment se faire obéir. D'ailleurs comme il reposerait mollement s'il y renonçait! N'avait-il pas souhaité que la traversée durât longtemps, qu'elle n'eût pas de fin? N'était-il pas plus raisonnable et surtout plus agréable de laisser aller les choses? Il se sentait pris de paresse et comme attaché par une influence magnétique à son siège, à ce fauteuil bas et si doucement balancé, avec ses coussins noirs, à la cadence des rames de l'impérieux gondolier assis derrière son dos. L'idée que l'homme pouvait en vouloir à sa vie lui effleura l'esprit comme dans un rêve; mais jamais il n'arriverait à secouer sa torpeur, à se défendre. Cela le chagrinait plus encore de penser qu'il ne s'agissait peut-être que de lui soutirer de l'argent. Quelque chose comme un sentiment du devoir, une fierté ancienne et le déclenchement dans la mémoire de l'action nécessaire en pareil cas, le firent se reprendre assez pour demander :

— Combien prenez-vous pour aller là-bas ?

Le regard tourné au loin par-dessus la tête d'Aschenbach, le batelier dit :

— Vous paierez.

Une réponse à cette parole s'imposait. Aschenbach répliqua machinalement :

— Pas du tout. Je ne paierai pas si vous me conduisez où je ne veux pas aller.

— Vous allez au Lido.

— Mais pas avec vous.

— Je conduis bien.

« C'est vrai », pensa Aschenbach, et il se détendit. « C'est vrai, tu conduis bien. Même si tu en veux à mon porte-monnaie, et si d'un coup de rame par-derrière tu m'envoies dans l'Hadès, j'accorderai que tu m'as bien conduit. »

Mais rien de semblable ne se produisit. Bientôt même Aschenbach vit son gondolier ramer de compagnie avec des musiciens ambulants, une bohème d'hommes et de femmes qui chantaient en jouant de la mandoline et de la guitare, et tenant avec insistance leur gondole côte à côte avec celle d'Aschenbach emplissaient le silence marin des notes de leur exotisme à vendre. Aschenbach jeta de la monnaie dans le chapeau qu'ils lui tendaient. Ils cessèrent leurs chants et s'en allèrent. Alors on recommença d'entendre le grommellement du gondolier qui continuait son monologue incohérent et saccadé.

La gondole, bercée au remous d'un petit vapeur qui partait, vint donc atterrir au petit port. Deux sergents de ville, les mains croisées derrière le dos, le visage tourné vers la lagune, allaient de long en large. Aschenbach enjambant la gondole monta sur la passerelle, soutenu par un de ces vieux qu'à Venise l'on trouve à chaque ponton, armés d'une gaffe. Comme il n'avait pas de monnaie, il se rendit à l'hôtel d'en face pour changer et régler le batelier à sa guise. Après avoir changé, il revient; sa malle a été déposée sur le quai dans une petite voiture, mais gondole et gondolier ont disparu. « Il s'est sauvé », dit le vieux. « Il ne faut pas se fier à cet homme-là. C'est un homme qui n'a pas son permis, monsieur. Il est le seul gondolier qui n'ait pas de permis. Les autres ont téléphoné pour le signaler. Il a vu qu'on allait le cueillir. Il s'est sauvé.

— Monsieur a été conduit pour rien », dit le vieux en tendant son chapeau. Aschenbach y jeta des pièces de monnaie. Il donna l'ordre de transporter ses bagages à l'hôtel des Bains et suivit la charrette le long de l'allée, la blanche allée en fleurs qui entre des tavernes, des pensions, des bazars, conduit à travers l'île jusqu'à la plage.

Il arriva derrière le spacieux hôtel où il pénétra par la terrasse; traversant le hall et le vestibule, il se rendit immédiatement au bureau. Comme il s'était annoncé, on lui fit un accueil empressé et entendu. Le manager, un petit homme à moustache noire et redingote à la française, le conduisit avec une politesse discrète à l'ascenseur et lui montra sa chambre au second étage. C'était une pièce agréable, meublée en cerisier clair et remplie de fleurs au parfum capiteux. Aschenbach, dès qu'il fut seul, alla à l'une des deux grandes fenêtres qui donnaient sur la mer, et en attendant que l'on pût ranger ses bagages dans la chambre, il regarda la plage, dépeuplée à cette heure de l'après-midi, et la mer sans soleil qui montait et venait régulièrement frapper le bord de ses vagues longues et plates.

D'être seul et de se taire, on voit les choses autrement qu'en société; en même temps qu'elles gardent plus de flou elles frappent davantage l'esprit; les pensées en deviennent plus graves, elles tendent à se déformer et toujours se teintent de mélancolie. Ce que vous voyez, ce que vous percevez, ce dont en société vous vous seriez débarrassé en échangeant un regard, un rire, un jugement, vous occupe plus qu'il ne convient, et par le silence s'approfondit, prend de la signification, devient événement, aventure, émotion. De la solitude naît l'originalité, la beauté en ce qu'elle a d'osé et d'étrange, le poème. Et de la solitude aussi, les choses à rebours, désordonnées, absurdes, coupables. C'est ainsi que les images du voyage, l'horrible vieux beau, ses radotages, ses histoires de bonne amie, et le gondolier en maraude frustré de son argent continuaient d'occuper l'esprit du voyageur. Sans sortir du normal, sans être pour la raison un problème, sans même solliciter la réflexion, ils n'en étaient pas moins de nature étrange, semblait-il à Aschenbach, que ce disparate troublait. Entre-temps il saluait des yeux la mer et se réjouissait de sentir Venise à si proche portée. Finalement, il se détourna de la fenêtre, alla se baigner le visage, donna des ordres à la femme de chambre, et ayant préparé une installation confortable il se fit descendre au rez-de-chaussée par le garçon de l'ascenseur, un Suisse en livrée verte.

A la terrasse qui donne sur la mer, il prit le thé, puis descendit les marches du quai et fit une assez longue promenade dans la direction de l'hôtel Excelsior. En rentrant, il vit qu'il était temps de s'habiller pour le dîner. Ce qu'il fit, ce jour-là aussi, lentement, avec minutie, car il avait coutume de travailler pendant sa toilette. Il arriva néanmoins un peu en avance dans le hall où il trouva rassemblés la plupart des hôtes qui, ne se connaissant pas, feignaient de s'ignorer les uns les autres, alors que l'attente du repas mettait un lien entre eux. Il prit un journal sur la table, s'installa dans un fauteuil de cuir et observa la société; elle ne ressemblait heureusement point à celle de l'hôtel qu'il venait de quitter.

Un horizon s'ouvrait, ample, accueillant mille choses. On entendait parler à mi-voix les principales langues de la terre. L'habit de soirée, uniforme consacré par les mœurs, adopté dans le monde entier, contenait du dehors les divergences de l'humanité, ramenait celle-ci à un type admis. On voyait des Américains aux figures sèches et allongées, des Russes entourés de leur nombreuse famille, des Anglaises, de petits Allemands avec des gouvernantes françaises. Les Slaves semblaient être en majorité. Tout près d'Aschenbach on parlait polonais.

Les Polonais, des jeunes gens au sortir de l'enfance, étaient assis sous la surveillance d'une gouvernante autour d'une table de rotin. Le groupe se composait de trois jeunes filles de quinze à dix-sept ans et d'un adolescent aux cheveux longs qui pouvait avoir quatorze ans. Celui-ci était d'une si parfaite beauté qu'Aschenbach en fut confondu. La pâleur, la grâce sévère de son visage encadré de boucles blondes comme le miel, son nez droit, une bouche aimable, une gravité expressive et quasi divine, tout cela faisait songer à la statuaire grecque de la grande époque, et malgré leur classicité les traits avaient un charme si personnel, si unique, qu'Aschenbach ne se souvenait d'avoir vu ni dans la nature ni dans les musées une si parfaite réussite. Autre chose encore le frappait : c'était un contraste évidemment voulu entre les principes selon lesquels on élevait, habillait, et tenait d'une part ce garçon, de l'autre ses sœurs. La toilette des filles, dont l'aînée paraissait déjà femme, était d'un prude, d'un raide allant jusqu'à la laideur. Demi-longues, couleur d'ardoise, de coupe volontairement sobre et peu seyante, égayées uniquement par un col blanc rabattu, leurs robes, qui faisaient songer à des costumes de nonnes, empêtraient le corps, lui ôtaient toute grâce. Les cheveux, tirés en arrière et collés à la tête, donnaient à leurs visages l'air vide et insignifiant des figures de religieuses. On sentait à travers tous ces détails la main de la mère, d'une éducatrice à l'esprit de laquelle il ne venait d'ailleurs point de traiter son fils avec la même sévérité que ses filles. De toute évidence on rendait à celui-ci la vie facile, on l'entourait tendrement. Les ciseaux n'avaient jamais touché sa splendide chevelure dont les boucles, comme celles du tireur d'épine, coulaient sur le front, les oreilles et plus bas encore sur la nuque. Un costume marin, dont les manches bouffantes allaient en se rétrécissant et serraient au poignet la délicate articulation de ses mains, enfantines encore, mais fines, mettait dans la gracile silhouette, avec ses passementeries, ses rubans, ses jours, une note de luxe, de raffinement. Assis dans un fauteuil de rotin il se présentait de trois quarts, une jambe allongée, avançant sa fine chaussure vernie, un coude appuyé au bras du fauteuil, la joue posée sur sa main repliée, dans un mélange de retenue et d'abandon, sans que rien en lui rappelât l'attitude raide et quasi soumise dont ses sœurs semblaient avoir l'habitude. Était-il de santé délicate ? Son visage se détachait avec des tons d'ivoire dans l'ombre dorée que faisaient ses cheveux. Ou était-ce un enfant amoureusement choyé, le préféré que l'on gâte par caprice? Aschenbach inclinait à le croire. Il n'est guère d'artiste qui n'éprouve naturellement une voluptueuse et perfide disposition à consacrer l'injustice qui engendre de la beauté, à s'incliner avec sympathie devant des faveurs aristocratiquement dispensées.

En anglais, le maître d'hôtel annonçait à la ronde que le dîner était servi. Peu à peu les groupes formés disparurent par la baie vitrée de la salle à manger. Venant du vestibule, de l'ascenseur, des retardataires passaient. A la salle à manger on avait commencé le service, mais les jeunes Polonais assis autour de la petite table du salon ne bougeaient toujours pas, et Aschenbach, bien calé dans son fauteuil et couvant du regard le bel adolescent, attendait avec eux.

La gouvernante, une petite personne rougeaude, corpulente et bourgeoise, donna enfin le signal de se lever. Les sourcils froncés, elle recula sa chaise pour saluer la dame qui entrait, grande, vêtue de gris clair et chargée de perles. Son attitude était toute de froideur et de réserve. Sa chevelure légèrement poudrée, la façon de sa robe décelaient le rigorisme de ces cercles mondains où la distinction ne va pas sans quelque piétisme. On eût pu la prendre pour la femme d'un haut fonctionnaire allemand. La note de luxe et de fantaisie en elle tenait uniquement à sa parure d'un prix inestimable, composée de pendants d'oreilles et d'un grand collier à trois rangs de grosses perles qui brillaient d'un éclat laiteux.

Les enfants s'étaient levés. Ils s'inclinèrent pour baiser la main que la mère leur tendait, tandis que son sourire distant errait sur un visage qui laissait pointer le nez et accusait malgré les soins une légère fatigue, et que, regardant au loin par-dessus la tête des enfants, elle adressait en français quelques paroles à l'institutrice. Puis elle se dirigea vers la baie vitrée. Les enfants suivirent, les filles les premières, par rang d'âge, après elles la gouvernante, et enfin le garçon. Pour un motif quelconque, celui-ci se retourna avant de franchir le seuil et, comme il ne restait plus là personne d'autre qu'Aschenbach, ses yeux qui avaient la couleur grise de l'aube rencontrèrent ceux du voyageur qui, le journal sur les genoux, perdu dans sa contemplation, suivait du regard le groupe en allé.

Il n'y avait certes rien de particulièrement remarquable dans le spectacle auquel il venait d'assister. On ne s'était pas mis à table avant la maman, on l'avait attendue, respectueusement saluée, et l'on avait observé en allant à la salle à manger les formes d'usage. Néanmoins tout cela s'était passé de façon si formelle, il y avait un tel accord dans ces manières, cette convention, cette tenue, qu'Aschenbach en éprouvait un saisissement étrange. Il s'attarda un moment encore, puis se rendit à son tour dans la salle à manger où il se fit indiquer sa table qui se trouvait, il le constata avec un léger mouvement de regret, très éloignée de la table des Polonais.

Avec un mélange de lassitude et d'excitation cérébrale, il fut occupé pendant toute la longueur du repas d'idées abstraites, métaphysiques; sa pensée cherchait le mystérieux rapport devant relier le particulier au général pour que naisse de l'humaine beauté, puis passa aux problèmes de l'art et du style, jusqu'à ce qu'il finît par s'apercevoir que ses idées, ses trouvailles, ressemblaient à ces inspirations du rêve qui sont d'un bonheur tout apparent, et au réveil se révèlent plates et sans valeur. Au sortir de table, il resta quelque temps dans le parc, allant et venant, s'asseyant ici, là, fumant, humant les parfums du soir. Et il alla se coucher de bonne heure, puis dormit d'un sommeil ininterrompu, profond, mais peuplé de rêves et de visions.

Le lendemain, le temps ne s'annonçait pas meilleur. Le vent soufflait de terre. Sous un ciel blême, couvert, entre ses rives étroites et sans couleur, la mer reposait, morne, recroquevillée et retirée si avant qu'elle laissait à découvert une longue succession de bancs de sable. En ouvrant sa fenêtre Aschenbach crut respirer l'odeur fétide des lagunes.

Un trouble l'envahit. Dès ce moment, il pensa à partir. Une fois déjà, des années auparavant, il s'était vu affligé ici même d'un temps pareil, après de radieuses semaines printanières, et s'en était si mal trouvé qu'il avait dû quitter Venise précipitamment. Ne recommençait-il pas, comme alors, à sentir un malaise fiévreux, une pression dans les tempes, une pesanteur des paupières ? Un nouveau déplacement serait désagréable ; mais si le vent ne tournait pas, il lui serait impossible de rester ici. Pour plus de sûreté, il ne défit pas complètement ses malles. A neuf heures, il alla au salon de thé réservé pour le petit déjeuner, entre le hall et la salle à manger.

Dans cette pièce régnait un silence religieux qui est une des marques distinctives des grands hôtels. Les garçons faisaient leur service à pas feutrés. C'est à peine si l'on entendait le bruit d'une tasse ou d'une théière, ou un mot chuchoté. Dans un angle en diagonale de la porte et à deux tables de la sienne, Aschenbach remarqua les jeunes Polonaises avec leur gouvernante. Très droites, leur chevelure cendrée fraîchement lissée, les yeux rougis, en costumes de toile bleue empesée, avec petites manchettes et petits cols blancs rabattus, elles étaient assises et se passaient l'une à l'autre un verre de confiture. Elles avaient presque fini de déjeuner. Le garçon manquait. Leur frère demeurait absent.

Aschenbach sourit : « Allons, petit Phéacien, pensa-t-il. Tu sembles avoir un avantage sur tes sœurs et jouir du privilège de faire la grasse matinée. »

Et subitement amusé, il se récita :

« Parures souvent changées, bains tièdes et repos... » Il déjeuna sans hâte, reçut du portier, qui entra dans le salon, casquette galonnée à la main, son courrier qu'on avait fait suivre, et décacheta quelques lettres en fumant une cigarette. Tout cela fit qu'il assista encore à l'arrivée du retardataire attendu à l'autre table.

Celui-ci entra par la porte vitrée et, traversant en biais la salle silencieuse, s'approcha de la table de ses sœurs. Sa démarche, le maintien du buste, le mouvement des genoux, la manière de poser le pied chaussé de blanc, toute son allure était d'une grâce extraordinaire, très légère, à la fois délicate et fière, et plus belle encore par la timidité enfantine avec laquelle, chemin faisant, il leva et baissa deux fois les yeux pour jeter un regard dans la salle. En souriant, avec un mot dit à mi-voix dans sa langue douce et fluide, il occupa sa place, et maintenant que son profil se détachait nettement, Aschenbach, plus encore que la veille, fut frappé d'étonnement et presque épouvanté de la beauté vraiment divine de ce jeune mortel. Le garçon portait aujourd'hui une légère blouse de cotonnade rayée bleu et blanc, qu'un liséré de soie rouge sur la poitrine et autour du cou séparait d'un simple col blanc tout droit. Mais sur ce col, d'ailleurs peu élégant et n'allant guère avec l'ensemble du costume, la tête, comme une fleur épanouie, reposait avec un charme incomparable — une tête d'Éros aux reflets jaunes de marbre de Paros, les sourcils gravement dessinés, les tempes et les oreilles couvertes par la chevelure sombre et soyeuse dont les boucles s'élançaient à angle droit vers le front.

— Bien, bien! approuva Aschenbach avec cette froideur de technicien que les artistes affectent parfois pour exprimer leur ravissement, leurs transports en présence d'un chef-d'œuvre. Et poursuivant sa pensée, il ajouta : « En vérité, n'étaient la mer et la grève qui m'attendent, je resterais ici, tant que tu resteras! » Mais puisque cela ne pouvait pas être, il traversa parmi les prévenances du personnel le hall, descendit la grande terrasse et alla tout droit par la passerelle de planches à la plage réservée de l'hôtel. Il se fit ouvrir, par le vieil homme qui vaquait là-bas pieds nus, en culotte de toile, blouse de matelot et chapeau de paille, à ses fonctions de maître baigneur, la cabine qu'il avait louée, fit porter la table et un fauteuil sur les planches de la plate-forme sablée, et s'installa confortablement dans la chaise longue qu'il avait tirée plus près de la mer, dans le sable blond.

Le spectacle de la plage, de cette jouissance insouciante et sensuelle que le civilisé trouve au bord de l'infini, l'intéressait et l'amusait autant que jamais. Déjà la mer grise et plate était animée d'enfants barbotant dans l'eau, de nageurs, de silhouettes variées qui, la tête appuyée sur les bras croisés, reposaient sur les bancs de sable. D'autres ramaient dans de petits canots plats, peints de rouge et de bleu, et chaviraient en riant. Devant la longue rangée des cabines, dont les plates-formes étaient comme autant de petites vérandas, ce n'était que mouvement, jeux, nonchalance des corps allongés, visites et causeries, élégance méticuleuse, nus hardis et profitant avec délices des privilèges de la plage. En avant, sur le sable humide et ferme, on se promenait en blancs peignoirs ou en amples blouses aux couleurs voyantes. A droite, une forteresse compliquée construite par des enfants était hérissée de petits pavillons aux couleurs de tous les pays. Des marchands de coquillages, de gâteaux et de fruits s'agenouillaient pour étaler leur marchandise. A gauche, devant une des cabines rangées perpendiculairement aux autres et à la mer, fermant ainsi la plage de côté, campait une famille russe : hommes barbus à fortes dents, femmes délicates et indolentes, une *fraülein* des provinces baltes, assise devant un chevalet et peignant une marine avec des exclamations de désespoir; deux enfants d'une laideur sympathique; une vieille servante en madras, sorte d'esclave aux allures tendrement obséquieuses. Ils vivaient là dans une parfaite béatitude, appelant inlassablement par leurs noms les enfants indociles et courant comme des fous, plaisantaient longuement, par l'entremise de quelques mots d'italien, avec le vieux pince-sans-rire qui leur vendait des sucreries, échangeaient des baisers, se complaisaient sans le moindre respect humain dans leur communion instinctive.

« Je resterai donc », pensa Aschenbach. Où se trouverait-il mieux? Et les mains croisées sur ses genoux, il laissa ses yeux s'égarer dans les lointains de la mer, son regard s'échapper, se noyer, se briser dans la vapeur grise de l'immensité déserte. Son amour de la mer avait des sources profondes : le besoin de repos de l'artiste astreint à un dur labeur, qui devant l'exigence protéiforme des phénomènes a besoin de se réfugier au sein de la simplicité démesurée; un penchant défendu, directement opposé à sa tâche, et par cela même si séduisant, pour l'inarticulé, l'incommensurable, l'éternel, le néant. Le repos dans la perfection, c'est le rêve de celui qui peine pour atteindre l'excellence; et le néant n'est-il pas une forme de la perfection? Or, comme il laissait ainsi sa rêverie plonger dans le vide, la ligne horizontale du bord de l'eau fut tout à coup franchie par une forme humaine, et quand il ramena son regard échappé vers l'infini, il vit le bel adolescent, qui, venant de gauche, passait dans le sable devant lui. Il était déchaussé, prêt à marcher dans l'eau, ses jambes sveltes nues jusqu'au-dessus des genoux; il allait lentement, mais avec une démarche légère et fière, comme s'il était très accoutumé à aller et venir sans chaussures, et il se retourna vers les cabines situées en travers de la plage. Mais à peine eut-il aperçu la famille russe, qui se livrait là dans une douce quiétude à ses occupations habituelles, qu'un nuage de colère et de mépris passa sur son visage. Son front s'assombrit, une moue exaspérée contracta ses lèvres et plissa l'une de ses joues, et ses sourcils se froncèrent avec tant de violence que les yeux parurent s'enfoncer sous l'arcade et devenus sombres, méchants, lancer de leur retraite des éclairs de haine. Il baissa le regard, tourna encore une fois la tête avec une expression de menace, haussa ensuite les épaules d'un brusque mouvement de mépris et s'éloigna de l'ennemi.

Par une sorte de délicatesse ou de saisissement tenant du respect et de la pudeur, Aschenbach se détourna, comme s'il n'avait rien vu; car l'homme réfléchi que le hasard rend témoin de la passion répugne à faire usage de ses observations, même dans son for intérieur. Mais joyeux et fortement ému à la fois, il était comblé de bonheur. Grâce à ce fanatisme enfantin dirigé contre la plus innocente scène, la divine insignifiance entrait en rapport avec l'humanité; un précieux chef-d'œuvre de la nature, uniquement destiné au régal des yeux, apparaissait digne d'un intérêt plus profond, et la figure de l'éphèbe, déjà si remarquable par sa beauté, gagnait un relief qui permettait de le prendre au sérieux en dépit de sa jeunesse.

La tête encore détournée, Aschenbach écoutait la voix du jeune garçon, cette voix claire, un peu faible, avec laquelle il cherchait à s'annoncer de loin par un bonjour aux camarades occupés autour du fort. On lui répondit plusieurs fois en l'appelant par son nom ou par une forme de tendresse de son nom, et Aschenbach écoutait avec une certaine curiosité sans parvenir à saisir quelque chose de précis; c'étaient deux syllabes mélodieuses, comme « Adgio » ou plus souvent « Adgiou », avec un *ou* prolongé à la fin. Le son lui plut ; il en trouvait l'euphonie répondant à son objet, le répéta lui-même et, satisfait, s'occupa de ses lettres et papiers.

Son petit buvard de voyage sur les genoux, il prit son stylographe et continua son courrier. Mais au bout d'un quart d'heure déjà, il trouva que c'était dommage de quitter ainsi en esprit, et de négliger pour une occupation banale la situation la plus digne d'être pleinement goûtée. Il rejeta plume et papier et revint à la mer ; et bientôt attiré par les voix juvéniles des constructeurs de forts, il tourna nonchalamment vers la droite sa tête appuyée au dossier de la chaise pour s'occuper des faits et gestes du délicieux Adgio.

Du premier coup d'œil, il le découvrit ; le liséré rouge sur sa poitrine le signalait de loin. Occupé avec d'autres enfants à placer une vieille planche en guise de pont sur le fossé humide de la forteresse de sable il donnait, par des paroles et des signes de tête, ses instructions pour cet ouvrage. Il avait là avec lui environ dix compagnons, garçons et filles, les uns de son âge, quelques-uns plus jeunes, qui parlaient toutes les langues pêle-mêle, polonais, français, et aussi les idiomes balkaniques. Mais c'était son nom qui s'entendait le plus souvent. Manifestement il était recherché de tous, entouré d'hommages et d'admiration. Un de ces jeunes gens, notamment,

Polonais comme lui, qu'on appelait d'un nom comme « Jaschou », un garçon trapu aux cheveux noirs pommadés, et en norfolk de toile, semblait être son premier vassal et ami. Quand leurs travaux de constructions furent terminés pour ce jour-là, ils allèrent tous deux le long de la grève, se tenant enlacés, et celui qu'on appelait « Jaschou » embrassa son beau camarade.

Aschenbach fut tenté de le menacer du doigt : « Quant à toi, Critobulos, pensa-t-il en souriant, pars en voyage pour un an : il te faudra pour le moins ce temps pour ta guérison. » Puis il déjeuna de grosses fraises bien mûres qu'il se procura chez un marchand. La chaleur était devenue très forte, bien que le soleil ne parvînt pas à percer la couche de brume qui couvrait le ciel. Une paresse enchaînait l'esprit d'Aschenbach, pendant que ses sens goûtaient la formidable et étourdissante société du calme marin. Cet homme grave et pensif se mit à rechercher, à essayer de deviner quel nom pouvait bien sonner à peu près comme « Adgio » et ce problème lui semblait digne d'occuper sa pensée. En effet, à l'aide de quelques réminiscences polonaises, il arriva à conclure qu'il devait s'agir de « Tadzio », abréviation de « Tadeus », prolongé en exclamation « Tadziou ».

Tadzio se baignait. Aschenbach, qui l'avait perdu de vue, découvrit bien loin dans la mer sa tête et son bras qu'il levait pour ramer; la mer, en effet, devait être plate à une grande distance. Cependant on semblait déjà s'inquiéter à son sujet; déjà des voix de femmes l'appelaient des cabines, criant de nouveau ce nom qui avait l'air de dominer la plage comme un mot d'ordre et, avec ses consonnes douces, son *ou* final prolongé avec insistance, avait quelque chose de tendre et de sauvage à la fois : « Tadziou! Tadziou! » Il revint, traversa les flots en courant, la tête haute, soulevant en écume l'onde qui résistait à ses jambes; de voir cette forme vivante, à la fois gracieuse et rude dans sa prévirilité, se détacher sur l'horizon lointain du ciel et de la mer, surgir telle une figure divine et s'échapper, la chevelure ruisselante, de l'élément liquide, c'était un spectacle à inspirer des visions fabuleuses, quelque chose comme une poétique légende des âges primitifs, rapportant les origines de la beauté et la naissance des dieux. Aschenbach écoutait, les yeux clos, cet écho épique vibrant dans son âme : une fois de plus, il pensa qu'il faisait bon vivre là et qu'il allait rester.

Un peu plus tard, Tadzio, allongé sur le sable, enveloppé dans son drap blanc qui passait sous son épaule droite, et la tête mollement couchée sur son bras nu, se reposait de son bain, et Aschenbach, même sans fixer les yeux sur lui, n'oubliait guère tout en lisant quelques pages de son livre que le jeune garçon était étendu là et qu'un léger mouvement de la tête vers la droite suffirait pour lui donner l'admirable spectacle. Il lui semblait pour ainsi dire qu'il était là pour protéger le repos de l'enfant, que tout en s'occupant de ses propres affaires il devait garder avec une infatigable vigilance l'idéal de belle humanité qui se trouvait sur sa droite, non loin de lui. Et son cœur était rempli et agité d'une tendresse paternelle, de l'inclination émue de celui dont le génie se dévoue à créer la beauté envers celui qui la possède.

Après midi, il quitta la plage, rentra à l'hôtel et prit l'ascenseur pour monter dans sa chambre. Il y resta un bon moment devant le miroir, à considérer ses cheveux gris, son visage las, aux traits accentués. En cet instant il se souvint de sa renommée, se rappela que dans la rue bien des passants le reconnaissaient et le regardaient à cause de la sûreté infaillible et de la grâce souveraine de son verbe; il évoqua tout ce qu'il lui fut possible de se rappeler des succès matériels de son talent, sans oublier même son anoblissement. Puis il descendit pour le lunch et déjeuna à sa petite table du salon. Après le repas, comme il entrait dans l'ascenseur, des jeunes gens qui venaient également de déjeuner se pressèrent à sa suite dans la petite cage mobile, et Tadzio parmi eux. Il se trouva tout près d'Aschenbach, assez près, pour la première fois, pour que celui-ci, au lieu de le voir comme une image imprécise, pût le regarder et le détailler dans tous les éléments de son humanité. Quelqu'un adressa la parole au jeune homme et tout en répondant avec un sourire d'une douceur ineffable, il sortait déjà au premier étage, à reculons, les yeux baissés. La beauté engendre la pudeur, pensa Aschenbach, et il creusa cette idée, cherchant le pourquoi. Il avait cependant remarqué que les incisives de Tadzio n'étaient pas irréprochables, légèrement dentelées, elles manquaient de l'émail des santés robustes et présentaient cette caractéristique transparence fragile qui accompagne parfois la chlorose. « Il est très délicat, il est maladif, pensa Aschenbach. Il est vraisemblable qu'il ne deviendra pas vieux. » Cette pensée était accompagnée d'un certain sentiment de satisfaction ou d'apaisement dont il renonça à chercher l'explication.

Il passa deux heures dans sa chambre et se rendit l'après-midi à Venise par le vaporetto qui faisait la traversée de la lagune fétide. Il débarqua à Saint-Marc, prit le thé sur la place et entreprit ensuite, selon le programme qu'il s'était tracé pour son séjour dans cette ville, un tour à travers les rues. Ce fut pourtant cette promenade qui amena un revirement complet de son humeur et de ses résolutions. Une chaleur lourde et répugnante régnait dans les ruelles; l'air était si épais que les odeurs qui émanaient des habitations, magasins et gargotes, les vapeurs d'huile, bouffées de parfums et cent autres se maintenaient en traînées, sans se dissiper. La fumée de cigarette restait suspendue à sa place et ne s'éloignait que lentement. Le va-et-vient de la foule dans l'étroit passage importunait le promeneur au lieu de le distraire.

Plus il allait, plus il sentait la torture de tomber dans l'état abominable que l'air marin et le sirocco réunis peuvent amener, état de surexcitation et d'abattement combinés. Une sueur d'angoisse sortit de ses pores. Ses yeux se voilèrent, sa poitrine se serrait, il tremblait de fièvre, les artères battaient sous son crâne. Il s'enfuit des rues commerçantes où il y avait foule et passa les ponts pour gagner les passages des quartiers pauvres. Là il fut importuné par les mendiants, et les émanations malodorantes des canaux lui coupaient la respiration. Sur une place tranquille, un de ces endroits qui donnent une impression d'oubli et de solitude enchantée comme il s'en trouve au cœur de Venise, il s'assit pour se reposer sur la margelle d'un puits, s'essuya le front et se rendit compte qu'il devait quitter le pays.

Pour la deuxième fois et maintenant sans conteste, il était démontré que cette ville, par cette température, était très malsaine pour lui. S'entêter à rester quand même paraissait déraisonnable; la perspective d'une saute de vent demeurait fort incertaine. Il fallait prendre une décision immédiate. Impossible de retourner chez lui dès maintenant : ni pour l'été, ni pour l'hiver son logis n'était préparé. Mais la mer et la plage n'existaient pas à Venise seulement; on pouvait les trouver ailleurs sans le fâcheux complément de la lagune et de ses miasmes.

Il se souvint d'une petite plage, située non loin de Trieste, qu'on lui avait vantée. Pourquoi n'y point aller? Et cela sans délai, afin que le nouveau changement de villégiature en valût la peine? Il se déclara résolu et se leva. A la prochaine station de bateaux, il prit une gondole et, suivant le labyrinthe trouble des canaux, longeant les édifices aux élégants balcons flanqués de lions sculptés, tournant des coins de murs luisants, dépassant de lugubres façades de palais qui reflétaient de larges enseignes dans le remous des vagues, il se fit conduire à Saint-Marc. Il n'y parvint pas sans peine; car le gondolier, qui était de connivence avec des dentelliers et des souffleurs de verre, essayait partout de le débarquer pour visiter des magasins et faire des emplettes, et chaque fois que la bizarre traversée de Venise commençait à exercer son charme, le mercantilisme rapace de la reine des mers déchue venait avec une insistance désagréable dégriser l'imagination.

De retour à l'hôtel, Aschenbach avant même de dîner déclara que des circonstances imprévues l'obligeaient à partir le lendemain matin. On exprima des regrets et l'on acquitta sa note. Il dîna et passa la tiède soirée à lire les journaux dans une chaise à bascule sur la terrasse, derrière l'hôtel. Avant de se mettre au lit, il prépara soigneusement tous ses bagages pour le départ.

La perspective de ce changement l'agitait, et il dormit médiocrement. Le matin, quand il ouvrit la fenêtre, le ciel était toujours couvert, mais l'air semblait rafraîchi, et aussitôt il sentit un commencement de regret. Ce congé qu'il avait donné n'était-il pas le fait d'une étourderie et d'une erreur, la conséquence d'un état d'irresponsabilité maladive? S'il avait un peu différé sa décision, si, au lieu de désespérer d'emblée, il avait accepté le risque d'une adaptation au climat vénitien ou d'une amélioration du temps, il aurait en perspective maintenant, au lieu d'agitation et de tracas, un après-midi sur la plage comme celle de la veille. Trop tard! Il lui fallait continuer de vouloir ce qu'il avait voulu hier. Il s'habilla et descendit à huit heures au rez-de-chaussée pour le déjeuner.

Il n'y avait encore personne au buffet quand il entra. La salle se remplit peu à peu, tandis qu'il attendait à sa table le déjeuner commandé. En buvant son thé, il vit entrer les jeunes Polonaises et leur gouvernante : graves, fraîches et les yeux encore rougis par la toilette matinale, elles gagnèrent leur table dans le coin à côté de la fenêtre. Aussitôt après, le portier vint lui annoncer, la casquette à la main, qu'il était l'heure de partir. L'auto attendait pour le conduire avec d'autres voyageurs à l'hôtel Excelsior, d'où le canot automobile transporterait les voyageurs à la gare par le canal appartenant à la Compagnie. Il n'était que temps... Aschenbach trouva que rien ne pressait; il restait plus d'une heure jusqu'au départ de son train. Il se fâcha contre la coutume des hôtels d'expédier trop tôt les clients qui partent et signifia au portier qu'il désirait déjeuner tranquillement. L'homme se retira à contrecœur pour reparaître au bout de cinq minutes. Impossible à la voiture d'attendre plus longtemps. « Eh bien! qu'elle parte en emportant ma malle », répliqua Aschenbach impatienté. Lui-même allait, ajouta-t-il, prendre à l'heure voulue la vedette et demandait qu'on lui laissât le soin de se débrouiller tout seul. L'employé s'inclina. Aschenbach, content d'avoir repoussé les insistances importunes, acheva de déjeuner sans se presser et se fit même apporter un journal par le garçon. Il ne restait vraiment que le temps strictement nécessaire lorsque enfin il se leva. Le hasard voulut qu'au même instant Tadzio entrât par la porte vitrée.

En se rendant à table auprès des siens, il croisa l'hôte qui partait. Devant cet homme à cheveux gris, au front haut, il baissa les yeux modestement, pour aussitôt les rouvrir, selon sa gracieuse habitude et les lever, larges et tendres, vers lui, puis passa vivement. Adieu, Tadzio! pensa Aschenbach; je ne l'aurai pas vu longtemps, et contre son habitude, formulant des lèvres sa pensée, il ajouta tout bas : « Sois béni! » Il procéda ensuite au départ, distribua des pourboires, reçut les adieux du petit gérant en redingote française et aux allures discrètes, et quitta l'hôtel à pied, comme il était venu, suivi du domestique portant les bagages à main, pour se rendre par l'allée blanche d'arbres fleuris à l'embarcadère situé de l'autre côté de l'île. Il y arrive, prend place... le reste fut chemin de croix, descente à tous les abîmes du regret.

C'était la traversée familière à travers la lagune, par le grand canal, en passant devant Saint-Marc. Aschenbach était assis sur le banc demi-circulaire de l'avant, le bras appuyé au dossier, la main au-dessus de ses yeux pour les protéger du soleil. Les jardins publics se trouvèrent dépassés, la piazzetta s'ouvrit encore une fois dans sa grâce princière, pour disparaître aussitôt, puis ce fut l'alignement grandiose des palais, et au tournant du canal se tendit la splendide arche de marbre du Rialto. A ce spectacle le cœur du voyageur fut déchiré. Cette atmosphère de la ville, cette odeur fade de mer stagnante qu'il avait eu tant de hâte à fuir, il la respirait à présent à longs traits avec un douloureux attendrissement. Se pouvait-il qu'il eût ignoré, qu'il eût oublié combien son cœur était attaché à tout cela? Ce matin, il s'était demandé avec un vague regret, un léger doute, si sa décision était bien justifiée; maintenant ce doute se changeait en chagrin, en souffrance réelle, en détresse si amère que plusieurs fois elle lui fit monter des larmes aux yeux — comment l'eût-il imaginée telle? Ce qui était si pénible à admettre, ce qui par moments lui paraissait absolument intolérable, c'était manifestement la pensée qu'il ne devait jamais revoir Venise et que ce départ était un adieu définitif. Puisqu'il avait constaté pour la deuxième fois que cette ville le rendait malade, puisque pour la deuxième fois il se voyait contraint de la quitter précipitamment, il devait évidemment la considérer désormais comme une résidence impossible, interdite, au-dessus de ses forces et où il eût été insensé de retourner une fois de plus. Il sentait même que, s'il partait maintenant, la honte et l'orgueil devaient l'empêcher de jamais revoir la ville bien-aimée, devant laquelle sa constitution l'avait deux fois trahi, et ce litige, cette lutte entre un penchant de son âme et ses forces physiques parut soudain à cet homme au retour d'âge tellement grave et pénible, la défaite physique si humiliante, si inadmissible, qu'il ne comprenait pas la résignation étourdie avec laquelle il avait résolu la veille de la subir et de l'admettre sans résistance sérieuse.

Cependant le bateau à vapeur approche de la gare, la souffrance et la perplexité grandissent jusqu'au désarroi. Ainsi tourmenté, il lui semble également impossible de partir et de revenir en arrière. Et dans cet état de déchirement il entre dans la station. Il est très tard, le voyageur n'a pas une minute à perdre s'il veut avoir son train. Il veut et ne veut pas. Mais l'heure presse et l'aiguillonne; il se hâte pour se procurer son billet et cherche autour de lui dans le tumulte de la vaste salle l'employé de service de la Société hôtelière. L'employé se montre et annonce que sa grosse malle est enregistrée pour Côme. Pour Côme? D'un rapide échange d'explications, de questions irritées et de réponses embarrassées, il résulte que la malle, confondue avec d'autres colis, avait été envoyée du bureau d'expédition de l'hôtel Excelsior dans une direction complètement fausse.

Aschenbach eut de la peine à conserver la seule mine qui fût de circonstance. Une joie extravagante, une incroyable gaîté souleva sa poitrine et la secoua comme un spasme. L'employé se précipita pour retenir la malle, si possible, mais il revint, comme c'était à prévoir, sans résultat. Aschenbach déclara donc qu'il n'avait pas envie de partir sans ses bagages et qu'il était décidé à retourner à l'hôtel des Bains et à y attendre le retour du colis. Il demanda si le canot automobile de la Compagnie était arrêté devant la gare. L'homme affirma qu'il était à quai devant la porte. Il décida avec sa faconde italienne le préposé au guichet à reprendre le billet déjà pris et jura qu'on allait télégraphier, qu'on ne négligerait rien pour recouvrer la malle à bref délai, coûte que coûte, et ainsi se produisit cette chose singulière, que le voyageur se revit, vingt minutes après son arrivée à la gare, dans le grand canal, en route pour retourner au Lido.

Quelle bizarre et invraisemblable aventure, humiliante et d'une drôlerie fantastique : être ramené par un coup du sort dans des lieux dont on vient de se séparer à jamais avec une profonde tristesse, et s'y retrouver avant qu'une heure s'écoule! L'écume à la proue, louvoyant avec une agilité de clown entre les gondoles et les vapeurs, la petite embarcation impatiente volait vers son but, tandis que son unique passager masquait sous le dehors d'une contrariété résignée l'exaltation conquérante mitigée d'angoisse d'un gamin échappé de la maison paternelle. Et toujours un rire intérieur le chatouillait à la pensée de cette malchance qui, se disait-il, n'aurait pas pu atteindre plus complaisamment un favori de la Fortune. Il va falloir donner des explications, pensait-il, affronter des regards étonnés, puis tout sera arrangé; un malheur se trouvait évité, une lourde erreur corrigée, et tout ce qu'il avait cru abandonner s'offrait de nouveau à lui et lui appartiendrait à discrétion. Au reste, était-ce une illusion causée par la vitesse du bateau ou n'était-ce pas, pour comble de bonheur, le vent marin qui soufflait maintenant, contre toute prévision? Les vagues battaient les murailles bétonnées de l'étroit canal creusé à travers l'île jusqu'à l'hôtel Excelsior. Un omnibus automobile l'attendait là et le ramena par la route dominant la mer moutonneuse tout droit à l'hôtel des Bains. Le petit gérant à moustaches vint en smoking et descendit du perron pour le saluer.

D'un ton de délicate flatterie il exprima ses regrets de l'incident qu'il qualifia d'extrêmement fâcheux pour lui et pour la maison, mais approuva avec conviction la décision prise par Aschenbach d'attendre ici le retour de son colis. Sa chambre, il est vrai, était déjà donnée, mais une autre, non moins bonne, se trouvait à sa disposition. « Pas de chance, monsieur », dit en souriant le liftboy suisse, pendant la montée. Et ainsi le transfuge fut réinstallé dans une chambre presque identique à la précédente par la disposition et l'ameublement.

Accablé de fatigue et tout étourdi par l'agitation de cette singulière matinée, Aschenbach, après avoir rangé dans la chambre le contenu de son sac de voyage, s'assit dans un fauteuil près de la fenêtre ouverte. La mer avait pris une teinte verdâtre, l'air semblait plus léger et plus pur, la plage avec ses cabines et ses barques plus colorée, bien que le ciel restât toujours gris. Il regarda dehors, les mains jointes entre ses genoux, content d'être de nouveau là, mais hochant la tête en même temps, en pensant à sa versatilité, à sa méconnaissance de ses propres désirs. Il resta bien une heure dans cette posture, se reposant dans une vague rêverie. Vers midi, il aperçut Tadzio en costume de toile rayée à liséré rouge, revenant de la mer à l'hôtel par la barrière de la plage et les passerelles de planches. De la hauteur où il était assis, Aschenbach le reconnut aussitôt, avant d'avoir effectivement fixé les regards sur lui, et il allait penser : Tiens ! Tadzio, te voilà revenu, toi aussi ! Mais au même instant il sentit ce banal souhait de bienvenue s'effondrer dans le silence devant la révélation sincère de son cœur, il sentit le feu de ses veines, la joie et la souffrance de son âme et comprit que c'était Tadzio qui lui avait rendu le départ si dur.

Il resta assis en silence, à cette place où personne ne pouvait le voir d'en bas, et il fit son examen de conscience. Ses traits s'étaient animés, ses sourcils se relevèrent, ses lèvres se tendirent dans un sourire qui disait l'attention et la curiosité subtile. Ensuite il leva la tête, et de ses deux bras qui pendaient inertes de chaque côté du fauteuil, il décrivit lentement le mouvement qui enveloppe et qui soulève, tournant les paumes en avant, comme pour marquer l'action d'ouvrir et d'étendre les bras en un geste d'attentive bienvenue et de tranquille accueil.

4.

Maintenant, tous les jours, le dieu au visage ardent conduisait tout nu son quadrige enflammé à travers les espaces du ciel, et sa chevelure d'or flottait au vent d'Est au même moment déchaîné. Une blancheur soyeuse et éblouissante s'étendait sur les lointains de la mer et la houle paresseuse. Le sable brûlait. Sous l'éther azuré aux vibrations d'argent, des toiles à voiles couleur de rouille étaient tendues devant les cabines et, sur la tache d'ombre nettement découpée qu'elles projetaient, on passait les heures de la matinée. Mais non moins exquise était la soirée, quand les plantes du parc exhalaient leurs parfums balsamiques, que les constellations accomplissaient là-haut leur ronde majestueuse et que le murmure de la mer plongée dans la nuit montait doucement vers les âmes pour leur faire ses mystérieuses confidences. Ces soirs portaient en eux la joyeuse promesse d'une nouvelle journée faite de soleil et de loisirs, ordonnée avec aisance et parée des innombrables possibilités qu'un hasard charmant réunit à portée de la main.

L'hôte qu'une mauvaise fortune si complaisante avait retenu là était bien loin de voir dans le retour de ses bagages le motif d'un nouveau départ. Il avait dû pendant deux jours subir quelques privations et se présenter aux repas dans la grande salle à manger en costume de voyage. Ensuite, quand on déposa enfin dans sa chambre la lourde malle égarée, il déballa consciencieusement ses effets, et il en remplit armoire et tiroirs, résolu à rester jusqu'à une époque provisoirement indéterminée, satisfait de pouvoir passer les heures à la plage en légers vêtements de soie, et au dîner se montrer en tenue de soirée à la table qui lui était réservée.

Le bien-être de cette existence réglée le tenait déjà sous son charme; le bercement de cette vie douce et brillante l'avait rapidement subjugué. Quel incomparable séjour, en effet, que celui qui combine les charmes d'une maison confortable sur une plage du Midi avec le voisinage direct et familier de la bizarre et merveilleuse cité! Aschenbach ne recherchait pas les plaisirs. S'agissait-il de chômer, de se livrer au repos, de se donner du bon temps, il sentait bientôt (et cela lui était arrivé surtout quand il était plus jeune) une inquiétude et un dégoût qui le ramenaient aux nobles efforts, à la sainte et austère servitude du travail quotidien. Seul ce lieu l'ensorcelait, débandait sa volonté, le rendait heureux. Parfois, dans la matinée, sous la tente de sa cabine, parcourant du regard la mer azurée et rêvant, ou bien encore dans la nuit tiède, appuyé aux coussins de la gondole qui, de la place Saint-Marc où il venait de s'arrêter longuement, le reconduisait chez lui, au Lido, sous la clarté du ciel constellé, alors que les lumières chatoyantes et les sons langoureux de la sérénade s'éteignaient derrière lui, il se souvenait de sa villa des montagnes, du théâtre de ses luttes durant l'été, où les nuages descendaient à travers son jardin, où, le soir, de formidables orages soufflaient la lumière dans la maison et où les corbeaux qu'il nourrissait tournaient effarés dans les cimes des pins. Alors il avait parfois l'impression d'être transporté dans une région élyséenne, aux confins de la terre, là où une vie de béatitude est réservée aux hommes, où il n'y a ni neige, ni frimas, ni tempêtes, ni torrents de pluie, mais où Okeanos laisse toujours monter la douce fraîcheur de son souffle et les jours s'écoulent dans des loisirs délicieux, sans peine, sans lutte, entièrement voués au soleil et à son culte.

Aschenbach voyait beaucoup, presque constamment le jeune Tadzio; l'étroitesse de l'espace, l'emploi du temps imposé à chacun faisaient que le bel adolescent se trouvait toute la journée, sauf de rares interruptions, près de lui. Il le voyait, il le rencontrait partout, au rez-de-chaussée de l'hôtel, sur le bateau qui, dans une brise rafraîchissante, conduisait de la plage à la ville et de la ville à la plage, sur la place splendide et souvent aussi, entre-temps, dans les rues et les venelles, quand la chance le favorisait. Mais c'était surtout la matinée sur la plage qui lui offrait, avec une régularité fort opportune, l'occasion prolongée de s'absorber dans une étude recueillie de la gracieuse apparition. C'était même cette discipline du bonheur, cette faveur des circonstances journellement et uniformément renouvelée, qui mettait le comble à son contentement et à son entrain, lui rendait sa résidence si chère et laissait les beaux jours se succéder en une série si complaisamment arrangée.

Il se levait de grand matin comme il le faisait à l'occasion quand le besoin de travailler le talonnait, et il était des premiers sur la plage quand le soleil était encore clément et que la mer éblouissante de blancheur était plongée dans sa rêverie matinale. Il saluait avec affabilité le gardien du barrage et, familièrement, le va-nu-pieds à barbe blanche qui lui avait préparé sa place, tendu sa toile brune, traîné les meubles de la cabine sur la plate-forme, et s'installait. Alors trois ou quatre heures étaient siennes durant lesquelles, tandis que le soleil montant au ciel prenait une puissance redoutable, et que la teinte bleue de la mer se fonçait de plus en plus, il avait le bonheur de voir Tadzio.

Il le voyait venir de la gauche, le long du rivage, il le voyait surgir d'entre les cabines derrière lui, ou s'apercevait parfois tout à coup, non sans un joyeux émoi, qu'il avait manqué son arrivée et que l'adolescent était déjà là, et que déjà, dans le costume de bain bleu et blanc qui était maintenant son unique vêtement de plage, il avait repris ses occupations coutumières au soleil et dans le sable, et cette vie d'aimable futilité, d'agitation oisive, qui était à la fois jeu et repos, plaisir de flâner, de patauger, de manier la pelle, de poursuivre et d'attraper, de nager, de s'allonger; cependant, les dames assises sur la plate-forme le guettaient et l'appelaient, faisant résonner de leurs voix de tête son nom : « Tadziou! Tadziou! », et il accourait auprès d'elles avec une mimique animée, pour leur raconter ses aventures, leur montrer ses trouvailles, son butin : coquillages, hippocampes, méduses et crabes qui avancent par bonds de côté. Aschenbach ne comprenait pas un mot de ce qu'il disait, peut-être les choses les plus banales du monde; mais cela faisait une tendre et vague mélodie à son oreille. Ainsi parce que l'enfant parlait une langue étrangère, sa parole revêtait la dignité de la musique; un soleil glorieux répandait une somptueuse lumière sur lui et la sublime perspective de la mer formait toujours le fond du tableau et en faisait ressortir la beauté.

Bientôt le contemplateur connut chaque ligne et chaque attitude de ce corps présenté si librement, avec un relief si puissant; il saluait avec une joie toujours renouvelée chacune des perfections qui lui étaient déjà familières et n'en finissait pas d'admirer avec une tendre sensualité. On appelait l'enfant pour saluer un visiteur qui présentait son hommage aux dames devant la cabine; il accourait, parfois sortant des vagues, tout mouillé, rejetait sa chevelure, et tendant la main, reposant sur une jambe, l'autre pied appuyé sur la pointe, il tournait le corps avec un mouvement souple d'une grâce infinie, élégant geste d'attente, d'aimable confusion, désir de plaire par devoir de gentilhomme. D'autres fois, il était allongé à terre, la poitrine enroulée dans son peignoir, un bras délicatement ciselé accoudé dans le sable, le menton dans le creux de la main; à côté de lui, celui qu'on appelait « Jaschou » était accroupi, lui faisant des amabilités, et l'on ne saurait imaginer rien de plus enchanteur que le sourire des yeux et des lèvres avec lequel le petit prince levait le regard vers son humble courtisan. Ou bien, debout au bord de la mer, seul, à l'écart des siens, tout près d'Aschenbach, droit, les mains croisées derrière la nuque, il se balançait lentement sur le bout des pieds et perdu dans une rêverie, pendant que de petites vagues accouraient et lui baignaient les orteils. Sa chevelure ambrée glissait en boucles caressantes sur ses tempes et le long de sa nuque; le soleil faisait briller le duvet entre ses omoplates; le dessin délicat des côtes, la symétrie de la poitrine apparaissaient à travers l'enveloppe collée au thorax; les aisselles étaient encore lisses comme celles d'une statue, le creux des jarrets était luisant et traversé d'un réseau de veines bleuâtres auprès desquelles le reste du corps semblait fait d'une matière plus lumineuse encore.

Quelle discipline, quelle précision de la pensée s'exprimait dans ce corps allongé, parfait de juvénile beauté! Mais la sévère et pure volonté dont l'activité mystérieuse avait pu mettre au jour cette divine œuvre d'art, n'était-elle pas connue de l'artiste qu'était Aschenbach, ne lui était-elle pas familière? Cette volonté ne régnait-elle pas en lui aussi, quand, rempli de passion lucide, il dégageait du bloc marmoréen de la langue la forme légère dont il avait eu la vision et qu'il présentait aux hommes comme statue et miroir de beauté intellectuelle?

Statue et miroir! Ses yeux embrassèrent la noble silhouette qui se dressait là-bas au bord de l'azur, et avec un ravissement exalté il crut comprendre dans ce coup d'œil l'essence du beau, la forme en tant que pensée divine, l'unique et pure perfection qui vit dans l'esprit, et dont une image humaine était érigée là comme un clair et aimable symbole commandant l'adoration. C'était l'ivresse! et l'artiste vieillissant l'accueillit sans hésiter, avidement. Son imagination prit feu, le tréfonds de sa culture bouillonna, sa mémoire fit surgir des pensées très anciennes, transmises comme de vieilles légendes à sa jeunesse et que jusque-là sa propre flamme n'avait jamais ravivées. N'était-il pas écrit que le soleil détourne notre attention des choses intellectuelles vers les choses matérielles? Il étourdit, disait le philosophe grec, il charme l'intelligence et la mémoire de telle manière que l'âme divertie oublie son état réel et s'attache au plus beau des objets éclairés par le soleil, si bien que ce n'est qu'avec l'aide d'un corps qu'elle trouve ensuite la force de s'élever à des considérations plus hautes. Le dieu Amour rivalisait en vérité avec les mathématiciens qui montrent aux enfants peu doués des images palpables de formes abstraites : de même, pour nous rendre visible l'immatériel, le dieu se plaît à employer la forme et la couleur de l'adolescence, qu'il pare, pour en faire un instrument du souvenir, de tout le rayonnement de la beauté, et il nous arrive ainsi, en la regardant, de nous enflammer d'un douloureux espoir.

Ainsi pensait-il dans son enthousiasme, et tels étaient les sentiments auxquels il se trouvait accessible. Et l'ivresse de la mer et le soleil embrasé lui tissèrent une image séduisante. Il vit le vieux platane non loin des murs d'Athènes, ces ombrages sacrés pleins de l'arôme des gattiliers en fleur, ornés d'ex-voto et de pieuses offrandes en l'honneur des Nymphes et d'Achélous. Le ruisseau limpide tombait, sous l'arbre aux larges branches, dans un lit de cailloux luisants; les cigales chantaient leur chanson stridente. Mais sur le gazon en pente douce, où l'on pouvait, en restant couché, tenir la tête haute, deux hommes étaient étendus, abrités là de la chaleur du jour : l'un, presque vieux et laid, l'autre jeune et beau, la sagesse auprès de la grâce. Et avec des cajoleries et de séduisants jeux d'esprit, Socrate instruisait son disciple Phaidros sur le désir et la vertu. Il lui parlait de la vague émotion qui surprend l'homme sensible quand ses yeux aperçoivent un symbole de l'éternelle beauté; lui parlait des appétits du profane et du méchant, qui ne peut concevoir la beauté quand il en voit l'image, et qui n'est pas capable de respect; lui parlait de l'angoisse religieuse qui gagne l'homme d'élite à l'apparition d'une face divine, d'un corps parfait, le montrait palpitant, transporté, osant à peine regarder, plein de vénération pour celui qui a la beauté, tout disposé à lui sacrifier comme à une statue, s'il ne devait craindre de passer pour un fou. Car la beauté, mon Phaidros, elle seule est aimable et visible à la fois; elle est, écoute bien ceci, la seule forme de l'immatériel que nous puissions percevoir par les sens et que nos sens puissent supporter. Que deviendrions-nous s'il en était autrement et si le divin, si la raison et la vertu et la vérité voulaient apparaître à nos sens! N'est-il pas vrai que nous serions anéantis et consumés d'amour, comme jadis Sémélé devant la face de Zeus? Ainsi la beauté est le chemin qui conduit l'homme sensible vers l'esprit, seulement le chemin, seulement un moyen, mon petit Phaidros... Et puis il exprima ce qu'il avait de plus subtil à dire, l'astucieux séducteur, à savoir que celui qui aime est plus divin que celui qui est aimé, puisque dans le premier est le dieu, mais non pas dans l'autre, pensée peut-être la plus tendre et la plus moqueuse qui ait jamais été conçue et dont émane toute la malice et la plus secrète volupté du désir. La pensée qui peut, tout entière, devenir sentiment, le sentiment qui, tout entier, peut devenir pensée, font le bonheur de l'écrivain. L'idée envahissant le cœur, le sentiment monté au cerveau, qui appartenaient et obéissaient à ce moment-là au rêveur solitaire, étaient tels : il savait, il sentait que la nature frissonne de délices quand l'esprit s'incline en vassal devant la beauté. Il fut pris soudain du désir d'écrire. Éros, il est vrai, aime l'oisiveté, dit-on, et n'est créé que pour elle. Mais, à ce stade de la crise, l'excitation de sa victime était tournée vers la production. L'occasion importe peu. Une enquête sur un des grands problèmes brûlants de la civilisation et du goût avait été lancée dans le monde intellectuel, et il avait reçu le questionnaire après son départ. Le sujet lui était familier; c'était pour lui une chose vécue; son envie de l'éclairer de la lumière de son verbe fut tout à coup irrésistible. Et son désir tendait à travailler en présence de Tadzio, à prendre en écrivant l'enfant lui-même comme modèle, à laisser son style suivre les lignes de ce corps, qui lui semblait divin, et à porter sa beauté dans le domaine de l'esprit comme l'aigle emporta jadis vers l'éther le berger troyen. Jamais il n'avait senti la volupté du Verbe plus délicieusement, jamais si bien compris que le dieu Éros vit dans le

Verbe, comme il le sentait et le comprenait pendant les heures dangereuses et exquises où, assis sous la tente à sa table grossière, en vue de son idole, dont la voix musicale atteignait son oreille, il façonnait à l'image du beau Tadzio sa brève dissertation, une page et demie de prose raffinée, dont la pureté, la noblesse et la vibrante énergie allaient à bref délai susciter nombre d'admirateurs. Il est bon assurément que le monde ne connaisse que le chef-d'œuvre, et non ses origines, non les conditions et les circonstances de sa genèse; souvent la connaissance des sources où l'artiste a puisé l'inspiration pourrait déconcerter et détourner son public et annuler ainsi les effets de la perfection. Heures étranges! Étrange et fécond accouplement de l'esprit avec un corps! Lorsque Aschenbach serra son papier et partit de la plage, il se sentit épuisé, brisé, et il lui semblait entendre l'accusation de sa conscience comme après une débauche.

Ce fut le lendemain matin qu'au moment de quitter l'hôtel il aperçut du perron Tadzio, déjà en route vers la mer, tout seul, s'approchant justement du barrage. Le désir, la simple idée de profiter de l'occasion pour faire facilement et gaîment connaissance avec celui qui, à son insu, lui avait causé tant d'exaltation et d'émoi, de lui adresser la parole, de se délecter de sa réponse et de son regard, s'offrait tout naturellement et s'imposait. Le beau Tadzio s'en allait en flâneur; on pouvait le rejoindre, et

Aschenbach pressa le pas. Il l'atteint sur le chemin de planches en arrière des cabines, veut lui poser la main sur la tête ou sur l'épaule et il a sur les lèvres un mot banal, une formule de politesse en français; à ce moment il sent que son cœur, peut-être en partie par suite de la marche accélérée, bat comme un marteau, et que presque hors d'haleine il ne pourra parler que d'une voix oppressée et tremblante; il hésite, cherche à se dominer et, tout à coup, craignant d'avoir trop longtemps suivi de si près le bel adolescent, craignant d'éveiller son attention, redoutant son regard interrogateur quand il se retournera, il prend un dernier élan, s'arrête court, renonçant à son dessein, et passe tête baissée, à grands pas.

« Trop tard! » pensa-t-il à ce moment. Trop tard! Était-il trop tard en effet? Cette démarche qu'il perdait l'occasion de faire aurait très aisément pu conduire à une solution facile et heureuse, à un salutaire dégrisement. Mais sans doute l'artiste vieillissant en était-il au point de ne plus vouloir se dégriser, et de se complaire dans son ivresse. Qui pourrait déchiffrer l'essence et l'empreinte spéciale d'une âme d'artiste? Comment analyser le profond amalgame du double instinct de discipline et de licence dont sa vocation se compose! Être incapable de vouloir le salutaire retour au sang-froid, c'est de la licence effrénée. Aschenbach n'était plus porté à s'étudier soi-même; le goût, la tournure d'esprit propre à son âge, l'estime de sa propre valeur, la maturité et la simplicité qui en est le fruit, ne l'inclinaient pas à disséquer des mobiles et à déterminer si c'était par scrupule, ou par faiblesse poltronne qu'il n'avait pas exécuté son dessein. Il était confus et craignait qu'un témoin quelconque, ne fût-ce que le gardien de la plage, n'eût observé sa course, sa déroute, et redoutait le ridicule. Au reste, il plaisantait en lui-même la sainte terreur dont il avait été si comiquement frappé : « Une véritable consternation », pensait-il, la consternation du coq, pris de frayeur, qui laisse pendre ses ailes dans le combat. C'est en vérité le dieu lui-même qui, en présence de l'objet digne de notre amour, brise ainsi notre courage et abaisse jusqu'à terre notre superbe. C'est ainsi qu'il badinait, divaguait, plein d'une assurance trop altière pour avoir peur d'un sentiment.

Déjà il n'envisageait plus la fin de la période de repos qu'il s'accordait à lui-même; pas une seule fois la pensée du retour ne l'effleura. Il s'était fait envoyer une somme d'argent importante. Son unique préoccupation concernait le départ possible de la famille polonaise; cependant il avait appris sous main, en s'informant incidemment auprès du coiffeur de l'hôtel, que cette famille était descendue ici très peu de temps avant sa propre arrivée. Le soleil hâlait son visage et ses mains, le souffle salin l'excitait, augmentait sa puissance de sentir, et de même qu'autrefois il avait eu l'habitude de dépenser aussitôt pour la création d'une œuvre tout capital de force que le sommeil, la nourriture ou la nature lui avaient offert, il prodiguait maintenant en ivresse sentimentale avec une générosité imprévoyante tout le regain de vigueur que le soleil, le loisir et l'air marin lui fournissaient journellement.

Son sommeil était de courte durée; les jours, d'une monotonie délicieuse, étaient séparés par des nuits brèves, pleines d'heureuse agitation. Il se retirait, il est vrai, très tôt; car à neuf heures, quand Tadzio avait disparu de la scène, le jour semblait terminé. Mais dès la première lueur de l'aube, il était réveillé en sursaut par un élan de tendresse; son cœur se souvenait de son aventure; il ne tenait plus au lit; il se levait et, légèrement couvert contre la fraîcheur matinale, allait s'asseoir à la fenêtre ouverte pour attendre le lever du soleil. Le merveilleux événement remplissait d'une émotion religieuse son âme sanctifiée par le sommeil. Le ciel, la terre et la mer étaient encore plongés dans la blancheur spectrale de l'heure indécise; une étoile pâlissante flottait dans la vague immensité. Mais voici qu'un souffle venait, un message parti de demeures inaccessibles, signifiant que la déesse Éos quittait les bras de son époux; et alors naissait cette aimable rougeur des zones les plus lointaines du ciel et de la mer, qui annonce la création se révélant aux sens. La déesse approchait, la ravisseuse d'adolescents, celle qui enleva Kleitos et Kephalos et qui, bravant l'envie de l'Olympe tout entier, jouit de l'amour du bel Orion. Et à la lisière du monde commençait une jonchée de roses, une clarté et une floraison d'une grâce ineffable; des nuages naissants, immatériels, lumineux, planaient comme des Amours obséquieux dans la vapeur bleuâtre et rosée; un voile de pourpre tombait sur la mer, qui semblait le porter en avant dans l'ondoiement de ses vagues; des flèches d'or partaient d'en bas, lancées vers les hauteurs du ciel, et la lueur devenait incendie; silencieusement, avec une toute-puissance divine, le rouge embrasement, l'incendie flamboyant envahissaient le ciel, et les coursiers sacrés de Phébus-Apollon, foulant l'espace de leurs sabots impatients, montaient au firmament. Sous les rayons resplendissants du dieu, le veilleur solitaire était assis; fermant les yeux, il livrait ses paupières au baiser de l'astre glorieux. Des sentiments d'autrefois, des peines de cœur juvéniles et délicieuses, défuntes au cours de sa vie d'austère labeur, lui revenaient maintenant, avec un sourire confus et étonné. Pensif, rêveur, il sentait sur ses lèvres un nom se former doucement, et toujours souriant, le visage levé vers le ciel, les mains jointes sur ses genoux, il s'assoupissait encore une fois.

Mais le jour si solennellement inauguré par l'illumination céleste se trouvait tout entier rehaussé et transporté dans un monde fabuleux. De quelle région venait, de quelle origine émanait ce souffle qui, tout à coup, comme une confidence d'en haut, caressait avec une douceur si persuasive sa joue et son oreille?

Des bandes de floconneux petits nuages blancs étaient répandus dans le ciel, semblables à des troupeaux dans les pâturages des dieux. Un vent plus fort se leva et les coursiers de Poseidon accouraient, cabrés, et de-ci, de-là, les taureaux du dieu marin à la chevelure azurée se lançaient en avant, cornes baissées, en rugissant. Mais entre les éboulis de rochers de la grève lointaine les vagues bondissaient comme des chèvres folâtres. Un monde saintement déformé, plein du dieu des pasteurs, environnait Aschenbach de ses enchantements, et son cœur rêvait de tendres légendes. Plusieurs fois quand le soleil baissait derrière Venise, il resta assis sur un banc du parc pour suivre des yeux Tadzio qui, vêtu de blanc, avec une ceinture de couleur, se livrait au jeu de balle, et maintenant c'était Hyakinthos qu'il croyait voir et qui devait mourir parce que deux dieux l'aimaient. Il ressentait même la douloureuse envie de Zéphir pour son rival, qui oubliait oracle, arc et cithare pour jouer toujours avec le bel enfant; il voyait le disque, guidé par une cruelle jalousie, atteindre la tête aimable; il recevait dans ses bras, pâlissant lui aussi, le corps fléchissant, et la fleur, née du sang précieux, portait l'inscription de sa plainte inextinguible...

Il n'est rien de plus singulier, de plus embarrassant que la situation réciproque de personnes qui se connaissent seulement de vue, qui, à toute heure du jour se rencontrent, s'observent, et qui sont contraintes néanmoins par l'empire des usages ou leur propre humeur à affecter l'indifférence et à se croiser comme des étrangers, sans un salut, sans un mot. Entre elles règnent une inquiétude et une curiosité surexcitées, un état hystérique provenant de ce que leur besoin de se connaître et d'entrer en communication reste inassouvi, étouffé par un obstacle contre nature, et aussi, et surtout, une sorte de respect interrogateur. Car l'homme aime et respecte son semblable tant qu'il n'est pas en état de le juger, et le désir est le résultat d'une connaissance imparfaite. D'une manière ou d'une autre, Aschenbach et le jeune Tadzio devaient fatalement faire connaissance et entrer en relation, et avec une joie pénétrante, l'homme mûr put constater que sa sympathie et son attention ne restaient pas complètement sans réponse. Pour quelle raison, par exemple, le beau jeune homme ne prenait-il plus jamais, en se rendant à la plage le matin, le chemin des planches derrière les cabines et passait-il au contraire, pour gagner nonchalamment la cabine des siens, devant les autres, dans le sable, contre la place où était installé Aschenbach, et parfois tout contre lui, sans y être forcé, au point de frôler presque sa table et sa chaise? Était-ce un effet de l'attraction, de la fascination d'un sentiment supérieur sur son objet plus faible et non averti? Aschenbach attendait chaque jour l'arrivée de Tadzio, et quand venait celui-ci, il faisait parfois semblant d'être occupé et laissait passer le beau garçon sans paraître le remarquer. Mais parfois aussi il levait les yeux et leurs regards se rencontraient. Dans ces cas-là, ils étaient l'un et l'autre profondément graves. Dans la physionomie du plus âgé, aux traits définitifs et pleins de dignité, rien ne trahissait une émotion; mais dans les yeux de Tadzio se lisait une curiosité, une interrogation pensive, sa démarche devenait hésitante, il baissait les yeux et les relevait gracieusement, et quand il était passé, quelque chose dans son maintien semblait indiquer que le respect des convenances l'empêchait seul de se retourner.

Un soir pourtant il en advint autrement. Les jeunes Polonais et leur gouvernante avaient manqué au dîner dans la grande salle à manger; Aschenbach l'avait constaté avec inquiétude. Après dîner, il se promenait, très inquiet de leur absence, en costume du soir et chapeau de paille devant l'hôtel, au pied de la terrasse, lorsqu'il vit tout à coup les trois sœurs aux allures de religieuses avec l'institutrice, et à quatre pas en arrière Tadzio, surgir sous la lumière des lampes à arc. Évidemment ils venaient du débarcadère après avoir dîné pour une raison quelconque en ville. Sur l'eau il avait sans doute fait un peu frais; Tadzio portait un marin bleu foncé à boutons dorés et le béret. Le soleil et l'air de la mer ne le hâlaient pas, sa peau était restée d'un ton marmoréen légèrement jaune; pourtant il paraissait aujourd'hui plus pâle que d'habitude, soit par suite de la fraîcheur, soit à cause de la lumière des lampes, blafarde et pareille au clair de lune. Ses sourcils symétriquement dessinés avaient des arêtes plus tranchées, ses yeux étaient plus sombres. Il était plus beau qu'on ne saurait dire, et Aschenbach sentit une fois de plus une douleur que le langage peut bien célébrer la beauté, mais n'est pas capable de l'exprimer.

Il ne s'était pas attendu à la chère apparition; elle venait à l'improviste et il n'avait pas eu le temps d'affermir sa physionomie, de lui donner calme et dignité. La joie, la surprise, l'admiration s'y peignirent sans doute ouvertement quand son regard croisa celui dont l'absence l'avait inquiété, et à cette seconde même Tadzio sourit, lui sourit à lui, d'un sourire expressif, familier, charmeur et plein d'abandon, dans lequel ses lèvres lentement s'entrouvrirent. C'était le sourire de Narcisse penché sur le miroir de la source, ce sourire profond, enchanté, prolongé, avec lequel il tend les bras au reflet de sa propre beauté, sourire nuancé d'un très léger mouvement d'humeur, à cause de la vanité de ses efforts pour baiser les séduisantes lèvres de son image, sourire plein de coquetterie, de curiosité, de légère souffrance, fasciné et fascinateur.

Celui qui avait reçu en don ce sourire, l'emporta comme un présent fatal. Il était si ému qu'il fut forcé de fuir la lumière de la terrasse et du parterre de l'hôtel et se dirigea précipitamment du côté opposé, vers l'obscurité du parc. Il laissait échapper, dans une singulière indignation, de tendres réprimandes : « Tu ne dois pas sourire ainsi ! Entends-tu ? Il ne faut pas sourire ainsi à personne ! » Il se laissa tomber sur un banc, affolé, aspirant le parfum nocturne des plantes. Et penché en arrière, les bras pendants, accablé et secoué de frissons successifs, il soupira la formule immuable du désir... impossible en ce cas, absurde, abjecte, ridicule, sainte malgré tout, et vénérable même ainsi : « Je t'aime ! »

5.

Pendant la quatrième semaine de son séjour au Lido, Gustav d'Aschenbach fit sur ce qui l'entourait quelques remarques inquiétantes. En premier lieu, il lui sembla qu'à mesure que la pleine saison approchait, la fréquentation de son hôtel diminuait plutôt que d'augmenter, et en particulier que le flot d'allemand jusqu'ici parlé autour de lui baissait, si bien qu'à table et sur la plage il finissait par ne plus entendre que des langues étrangères. Puis, un jour, il saisit au passage, dans une conversation chez le coiffeur dont il était devenu un client assidu, un mot qui l'intrigua. Cet homme avait fait mention d'une famille allemande qui venait de repartir après un séjour de courte durée et, continuant de bavarder, il ajouta avec une intention de flatterie : « Vous, monsieur, vous restez; vous n'avez pas peur du mal.
— Du mal? » répéta Aschenbach en le regardant. Le bavard se tut, faisant l'affairé, comme s'il n'avait pas entendu la question. Et quand elle fut renouvelée avec insistance, il expliqua qu'il n'avait connais-

sance de rien et chercha, avec un grand flux de paroles, à détourner la conversation.

Cela se passait à midi. Dans l'après-midi, Aschenbach se rendit en bateau à Venise, par un temps calme et un soleil accablant; il était poussé par la manie de suivre les enfants polonais qu'il avait vus prendre avec leur surveillante le chemin du ponton. Il ne trouva pas son idole à Saint-Marc. Mais tandis qu'il prenait le thé, assis à sa petite table ronde du côté ombragé de la place, il flaira subitement dans l'air un arôme particulier, qu'il lui semblait maintenant avoir déjà vaguement senti depuis quelques jours sans en prendre conscience, une odeur pharmaceutique douceâtre, évoquant la misère, les plaies et une hygiène suspecte. Il l'analysa et le reconnut; tout pensif, il acheva son goûter et quitta la place par le côté opposé au temple. Dans la ruelle étroite l'odeur s'accentuait. Aux coins des rues étaient collées des affiches imprimées, où les autorités engageaient paternellement la population à s'abstenir, en raison de certaines affections du système gastrique, toujours fréquentes par ces temps de chaleur, de consommer des huîtres et des moules, et à se méfier de l'eau des canaux. La vérité était un peu fardée dans l'avis officiel; c'était évident. Des groupes silencieux étaient rassemblés sur les ponts et les places, et l'étranger se mêlait à eux, quêtant et songeur.

Il s'adressa à un boutiquier appuyé au chambranle de la porte, à l'entrée de son magasin, entre des chapelets de corail et des parures de fausse améthyste, et demanda des éclaircissements sur la fâcheuse odeur. L'homme le toisa d'un œil morne, et se remettant prestement : « Mesure préventive, monsieur ! répondit-il avec une mimique animée. — Une décision de la police, qu'on ne peut qu'approuver. Cette température lourde, ce sirocco ne sont pas propices à la santé. Bref, vous comprenez, précaution peut-être exagérée... » Aschenbach le remercia et continua son chemin. Sur le vapeur qui le ramena au Lido, il sentit encore la même odeur d'antiseptique.

Revenu à l'hôtel, il se rendit aussitôt dans le hall à la table des journaux et fit des recherches dans les feuilles. Dans celles de l'étranger, il ne trouva rien. Les journaux du pays enregistraient des bruits, mentionnaient des chiffres incertains et reproduisaient des démentis officiels, dont ils contestaient la sincérité. Ainsi s'expliquait le départ du contingent allemand et autrichien. Les nationaux des autres pays ne savaient évidemment rien, ne se doutaient de rien, n'étaient pas encore inquiets. « La consigne est de se taire ! » pensa Aschenbach irrité, en rejetant les journaux sur la table. « Se taire pour cela ! » Mais en même temps son cœur s'emplit de satisfaction causée par l'aventure où le monde extérieur se trouvait engagé. Car la passion, comme le crime, ne s'accommode pas de l'ordre normal, du bien-être monotone de la vie journalière, et elle doit accueillir avec plaisir tout dérangement du mécanisme social, tout bouleversement ou fléau affligeant le monde, parce qu'elle peut avoir le vague espoir d'y trouver son avantage. Ainsi Aschenbach tirait une obscure satisfaction des événements officiellement déguisés qui se passaient dans les ruelles malpropres de Venise — lugubre secret de la ville, qui se confondait avec le secret de son propre cœur, dont lui aussi redoutait si fort la découverte. Tout à son amour, il ne craignait rien que la possibilité du départ de Tadzio, et reconnut, non sans horreur, qu'il ne saurait plus vivre si ce malheur arrivait.

A présent, il ne se contentait plus de recevoir du train de vie quotidien et du hasard le bienfait de voir de près le beau Tadzio; il le poursuivait, cherchait à le surprendre. Le dimanche, par exemple, les Polonais ne se montraient jamais sur la plage; il devina qu'ils se rendaient à la messe à Saint-Marc; il se hâtait d'y aller; sortant de la fournaise de la place, il entrait dans le demi-jour doré du sanctuaire et trouvait l'objet de ses regrets assistant à l'office, penché sur un prie-Dieu. Alors il se tenait debout dans le fond sur les dalles de mosaïque crevassées, au milieu de la foule prosternée qui marmottait en faisant le signe de la croix, et la somptuosité du temple oriental accablait voluptueusement ses sens. Là-bas, le prêtre, couvert de riches ornements, allait et venait, chantant et accomplissant les gestes rituels; des flots d'encens s'élevaient, voilant les frêles flammes des cierges de l'autel, et à la douceur du lourd parfum religieux semblait subitement s'en mêler un autre : l'odeur de la ville atteinte de maladie. Mais à travers les vapeurs de l'encens et le scintillement des ornements sacerdotaux, Aschenbach voyait son bel ami, là-bas, dans les premiers rangs, tourner la tête, le chercher et l'apercevoir.

Lorsque ensuite la foule s'écoulait par les portails ouverts sur la place lumineuse, pleine de volées de pigeons, le fol amoureux se dissimulait dans le porche, se cachait, se mettait aux aguets. Il voyait les Polonais quitter l'église, voyait les enfants prendre cérémonieusement congé de leur mère et celle-ci se diriger vers la piazzetta pour rentrer; constatant que le beau Tadzio, ses sœurs qui semblaient sortir d'un couvent, et leur gouvernante se dirigeaient vers la droite par la porte du clocher et prenaient le chemin de la merceria, après leur avoir laissé quelque avance, il les suivait à la dérobée dans leur promenade à travers Venise. Il était obligé de rester sur place quand ils s'arrêtaient, de se réfugier dans des gargotes ou des cours pour les laisser passer, s'ils revenaient sur leurs pas; il les perdait de vue, courait après eux, transpirant, épuisé, lorsqu'ils franchissaient les ponts et s'engageaient dans les impasses immondes, et il endurait des minutes de transe mortelle quand il les voyait brusquement venir à sa rencontre dans un passage étroit où il était impossible de les éviter. On ne saurait dire cependant qu'il souffrait. Il avait la tête et le cœur pleins d'ivresse, et ses pas suivaient le démon qui se complaît à fouler aux pieds la raison et la dignité de l'homme.

Il arrivait que Tadzio et les siens prenaient quelque part une gondole et Aschenbach, après s'être dissimulé derrière un bâtiment en saillie ou une fontaine pendant qu'ils montaient, faisait comme eux peu après qu'ils avaient quitté la rive. C'est d'une voix étouffée, en mots précipités, qu'il donnait l'ordre au rameur, avec la promesse d'un généreux pourboire, de suivre discrètement à quelque distance cette gondole, là-bas, qui tournait précisément le coin; et il sentait un frisson dans le dos quand le batelier, avec l'empressement canaille d'un entremetteur, lui garantissait sur le même ton qu'il allait être servi, consciencieusement servi.

Ainsi il allait, bercé dans sa gondole, mollement adossé aux coussins noirs, glissant à la suite de l'autre embarcation noire, à la proue relevée en bec, sur la trace de laquelle l'entraînait la passion. Parfois elle échappait à sa vue et il se sentait soucieux et inquiet. Mais son conducteur, qui semblait bien au fait de semblables missions, savait toujours, par d'habiles manœuvres, des biais rapides et des raccourcis, lui remettre devant les yeux l'objet de son désir. L'air était calme et plein d'odeurs, le soleil dardait des rayons brûlants à travers les vapeurs qui teintaient le ciel de gris d'ardoise. On entendait le glouglou de l'eau qui battait les madriers et les murs. L'appel du gondolier, à la fois avertissement et salut, provoquait, par une singulière convention, une réponse dans le lointain du labyrinthe silencieux. Du haut des petits jardins suspendus, des ombelles blanches et purpurines, sentant l'amande, retombaient sur les murailles délabrées. Les arabesques des embrasures de fenêtres se reflétaient dans l'eau trouble. Les degrés de marbre d'une église descendaient dans les flots; un mendiant, accroupi sur les marches, clamant sa misère, tendait son chapeau, en montrant le blanc de ses yeux comme s'il était aveugle; un marchand d'antiquités, debout devant son antre, invitait le passant avec des gestes serviles à s'arrêter, dans l'espoir de le duper. C'était Venise, l'insinuante courtisane, la cité qui tient de la légende et du traquenard, dont l'atmosphère croupissante a vu jadis une luxuriante efflorescence des arts et qui inspira les accents berceurs d'une musique aux lascives incantations. Il semblait à l'aventureux promeneur que ses yeux buvaient à la source voluptueuse d'autrefois et que son oreille recevait la flatterie de ces anciennes mélodies; il se souvint aussi que la ville était malade et s'en cachait par cupidité, et il épiait avec une passion plus effrénée la gondole qui flottait là-bas devant lui.

Ainsi, cet homme n'avait plus, dans son égarement, d'autre pensée ni d'autre volonté que de poursuivre sans relâche l'objet qui l'enflammait, de rêver de lui quand il était absent, et à la manière des amants, d'adresser des mots de tendresse à son ombre même. La solitude dans un milieu étranger, et la fortune d'une ivresse tardive et profonde l'engageaient et l'encourageaient à se permettre sans crainte et sans honte les plus choquantes fantaisies; c'est ainsi qu'un soir, rentrant de Venise tard dans la nuit, il s'était arrêté au premier étage de l'hôtel devant la chambre de son dieu, et appuyant dans une griserie totale son front au gond de la porte, il était resté longtemps sans pouvoir s'en séparer, au risque d'être surpris, à sa honte, dans cette attitude insensée.

Pourtant il y avait dans son état des instants de répit et de retour partiel à la raison. Où vais-je? pensait-il alors consterné. Où vais-je? Comme tout homme à qui son mérite naturel inspire un aristocratique intérêt pour ses origines, il était accoutumé à se souvenir de ses ancêtres, accoutumé à se souvenir de ses succès, de sa carrière, à s'assurer dans sa pensée de leur approbation, de leur satisfaction, de l'estime qu'ils devaient nécessairement lui accorder. Il pensait à eux aussi, à présent et en ce lieu, où il était pris dans une aventure si inadmissible, engagé dans un si exotique dévergondage du cœur; il se représentait la sévérité de leur tenue, la mâle décence de leur conduite et il avait un sourire mélancolique. Que diraient-ils? Mais, hélas! qu'auraient-ils dit de sa vie tout entière, déviée de leur ligne jusqu'à la dégénérescence, de cette vie enfermée dans la sphère de l'art, sur laquelle il avait lui-même autrefois, fidèle à la tradition bourgeoise de ses pères, publié des jugements de jeune homme si caustiques, et qui cependant avait eu, au fond, tant d'analogie avec la leur! Lui aussi avait servi, lui aussi avait été soldat et guerrier, aussi bien que nombre d'entre eux; l'art n'était-il pas une guerre, une lutte harassante, qu'on n'était pas capable de nos jours de soutenir longtemps : vie d'abnégation, d'obstination quand même, vie de persévérance et d'abstinence, dont il avait fait le symbole d'un héroïsme délicat, approprié à notre siècle; cette vie, il avait certes le droit de l'appeler virile et vaillante, et il lui semblait même que l'Amour qui s'était emparé de lui était en quelque manière particulièrement conforme et propice à une vie pareille. Cette forme d'amour n'avait-elle pas été en honneur entre toutes chez les peuples les plus braves, et ne disait-on pas que c'est grâce à la bravoure qu'elle avait fleuri dans leurs villes? De nombreux capitaines de l'antiquité avaient accepté le joug de cet amour, car aucune humiliation ne comptait, quand elle était commandée par Éros, et des actes qui eussent été blâmés comme marques de lâcheté s'ils avaient été commis à toute autre fin, génuflexions, serments, prières instantes et gestes serviles, de tels actes, loin de tourner à la honte de l'amant, lui valaient au contraire une moisson de louanges.

Voilà la direction que l'esprit de cet homme affolé avait prise; voilà sur quoi il cherchait à s'appuyer et comment il essayait de sauvegarder sa dignité.

Mais en même temps il prêtait constamment une attention fureteuse et obstinée aux choses louches qui se passaient dans l'intérieur de Venise, à cette aventure du monde sensible qui se confondait obscurément avec celle de son cœur et nourrissait en lui de vagues, d'anarchiques espérances. S'acharnant à obtenir des nouvelles certaines sur l'état et les progrès du mal, il parcourait fiévreusement dans les cafés de la ville les journaux allemands, qui avaient disparu depuis plusieurs jours de la salle de lecture de l'hôtel. Les assertions et les démentis s'y suivaient en alternant. Le nombre des cas de maladie ou de décès s'élevait, disait-on, à vingt, à quarante, même à cent et au-delà, et un peu plus loin toute apparition d'épidémie se trouvait, sinon carrément contestée, du moins réduite à quelques cas isolés importés du dehors. Au milieu de ces nouvelles étaient glissés des réserves et des avertissements ou des protestations contre le jeu dangereux des autorités italiennes. Mais il n'y avait pas moyen d'obtenir une certitude.

Cependant, le solitaire avait le sentiment de posséder un droit spécial à participer au secret; puisqu'il s'en voyait injustement exclu, il trouvait une bizarre satisfaction à poser aux initiés des questions captieuses, et, puisqu'ils étaient ligués pour se taire, à les obliger de mentir expressément. C'est ainsi qu'un jour, au déjeuner dans la grande salle, il questionna le gérant, ce petit homme en redingote, à la démarche silencieuse qui passait, saluant et surveillant, entre les rangées de tables, et s'était arrêté à celle d'Aschenbach pour un bout de conversation. « A propos, pourquoi donc, lui demanda-t-il négligemment, pourquoi diantre s'occupe-t-on depuis quelque temps à désinfecter Venise ? — Il s'agit, répondit l'obséquieux personnage, d'une mesure de la police, destinée à prévenir à temps, comme de juste, toutes sortes de désordres ou de perturbations de l'état sanitaire que la température lourde et la chaleur exceptionnelle pourraient engendrer. — La conduite de la police est méritoire », répliqua Aschenbach ; quelques remarques météorologiques furent échangées et le gérant se retira.

Le soir du même jour, après dîner, il arriva qu'une petite troupe de chanteurs ambulants de la ville se fit entendre dans le jardin, devant l'hôtel. Elle se composait de deux hommes et de deux femmes qui se tenaient debout près du mât en fer d'une lampe à arc et ils levaient leurs faces, blanches sous la lumière électrique, vers la grande terrasse où la société des baigneurs, buvant du café et des rafraîchissements, voulait bien écouter le concert populaire. Le personnel de l'hôtel, liftboys, garçons et employés de l'agence, se pressait aux portes du hall pour entendre. La famille russe, pleine de zèle et de soin à goûter un plaisir, s'était fait descendre des chaises cannées dans le jardin, pour être plus près des exécutants, et s'était assise en demi-cercle, dans un parfait contentement. Derrière les maîtres se tenait leur vieille esclave, le madras enroulé autour de la tête. Une mandoline, une guitare, un accordéon et un violon aux sons criards et sautillants formaient l'orchestre des virtuoses mendiants. Des morceaux de chant alternaient avec la musique instrumentale; c'est ainsi que la plus jeune des femmes unissait les glapissements de sa voix aiguë au fausset doucereux du ténor pour chanter un brûlant duo d'amour. Mais la vedette était sans conteste l'homme à la guitare qui, chantant sans beaucoup de voix des rôles de baryton bouffe, emballait son public par une mimique et une puissance de comique tout à fait remarquables. Souvent, son grand instrument au bras, il se détachait du groupe des autres et s'avançait tout en jouant et gesticulant vers la rampe, où l'on encourageait ses drôleries par des rires. C'étaient surtout les Russes composant le parterre qui se montraient ravis de tant de vivacité méridionale, et, par leurs applaudissements et leurs acclamations, l'excitaient à se lancer avec toujours plus d'assurance et d'effronterie.

Aschenbach, assis près de la balustrade, trempait parfois ses lèvres dans le rafraîchissant mélange de sirop de grenadine et d'eau de Seltz dont les rubis scintillaient devant lui dans son verre. Ses nerfs accueillaient avidement cette musique de bastringue, aux mélodies vulgaires et langoureuses; car la passion oblitère le sens critique et se commet de parfaite bonne foi dans des jouissances que de sang-froid l'on trouverait ridicules ou repousserait avec impatience. Aux tours du bateleur, ses traits se contractaient d'un sourire fixe et déjà douloureux. Il était assis nonchalamment, pendant qu'une attention extrême lui crispait le cœur : à six pas de lui, en effet, Tadzio s'appuyait à la balustrade de pierre.

Il se tenait là, dans le costume blanc qu'il mettait parfois pour le dîner, avec cette grâce originelle qui ne le quittait jamais, l'avant-bras gauche posé sur le parapet, les jambes croisées, la main droite appuyée sur la hanche, et il baissait les yeux vers les histrions avec une expression qui tenait moins du sourire que d'une curiosité distante et d'une acceptation courtoise. Parfois, il se redressait et, dilatant sa poitrine, tendait sa blouse blanche en la tirant sous la ceinture de cuir avec un beau geste de ses deux bras. Mais parfois aussi (et Aschenbach le constatait avec une joie triomphante, avec un vertige de sa raison en même temps qu'une épouvante) il tournait la tête avec une lenteur circonspecte, ou bien brusquement comme voulant surprendre quelqu'un, et jetait un regard par-dessus son épaule gauche vers la place de l'homme aux cheveux gris qui l'aimait. Il ne rencontrait pas ses yeux, car une appréhension ignominieuse forçait le pauvre détraqué à contenir anxieusement ses regards. Au fond de la terrasse étaient assises les dames qui surveillaient Tadzio, et les choses en étaient venues au point que l'amoureux devait craindre d'avoir attiré l'attention et d'être soupçonné. Il avait même dû remarquer plusieurs fois avec une sorte de consternation, sur la plage, dans le hall de l'hôtel et sur la place Saint-Marc, que l'on rappelait Tadzio lorsqu'il était dans son voisinage, qu'on était attentif à le tenir éloigné de lui — et il n'avait pu qu'en ressentir un cruel outrage, dont son orgueil souffrait des tortures inconnues jusqu'alors, et que sa conscience l'empêchait d'écarter de lui.

Cependant le guitariste avait commencé un solo dont il jouait lui-même l'accompagnement, qu'on chantait à ce moment-là dans toute l'Italie et où la troupe, à chaque refrain, intervenait à grand renfort de chant et d'orchestre, tandis que lui-même jouait avec un relief et un sens dramatique saisissants. Chétif de corps et non moins maigre et décharné de figure, détaché de la troupe, son feutre crasseux rejeté en arrière et laissant déborder une rouflaquette de cheveux roux, il se dressait sur le gravier dans une pose effrontée, provocante, et lançait vers la terrasse en un récitatif énergique ses plaisanteries renforcées de pincements de cordes, tandis que l'effort gonflait les veines de son front. Il paraissait être, non pas d'origine vénitienne, mais plutôt de la race des comiques napolitains, moitié souteneur, moitié comédien, brutal et audacieux, dangereux et amusant. La chanson, purement niaise quant au texte, prenait dans sa bouche, par son jeu de physionomie, les mouvements de son corps, ses clignements d'yeux significatifs et sa manière de se passer la langue lascivement au coin des lèvres, une allure équivoque et choquante sans que l'on sût dire pourquoi. Du col de la chemise molle qu'il portait sous un costume de ville, se dégageait un cou maigre à pomme d'Adam démesurée et faisant l'effet d'une nudité. Sa face camuse, blême et glabre, paraissait labourée par les grimaces et les vices, et le ricanement de sa bouche mobile faisait un contraste étrange avec les deux plis qui se creusaient, arrogants, impérieux, presque farouches, entre ses sourcils roussâtres. Mais ce qui attira particulièrement sur lui la profonde attention du spectateur solitaire, c'est que celui-ci remarqua que de la figure suspecte semblait se dégager un relent particulier et non moins suspect. En effet, à chaque reprise du refrain, le chanteur accomplissait avec force bouffonneries et respectueuses gesticulations une tournée grotesque qui le faisait passer directement sous la place d'Aschenbach, et chaque fois qu'il passait, une forte bouffée de phénol, venue de ses vêtements, montait vers la terrasse.

Son couplet fini, il se mit à quêter. Il commença par les Russes, que l'on vit donner libéralement, et monta ensuite les degrés. Autant il s'était montré insolent pendant la représentation, autant il parut humble sur la terrasse. Avec de profondes courbettes et des révérences sans fin, il se faufilait entre les tables et un sourire de servilité sournoise découvrait ses fortes dents, tandis que malgré tout les deux plis menaçants persistaient entre ses sourcils roux. On toisait avec curiosité et quelque dégoût l'étrange créature quêtant sa subsistance et l'on jetait du bout des doigts des pièces d'argent dans son feutre, en se gardant d'y toucher. La suppression de la distance physique entre le comédien et les gens du monde engendre toujours, si grand qu'ait été le plaisir, une certaine gêne. Il la sentait et cherchait à s'excuser par une politesse rampante. Il arriva auprès d'Aschenbach, et avec lui cette odeur qui semblait n'avoir intrigué aucun des assistants.

— Écoute! dit le solitaire d'une voix étouffée et presque machinalement. On désinfecte Venise. Pourquoi? Le bouffon répondit d'une voix rauque : « A cause de la police! C'est le règlement, monsieur, par ce temps de chaleur et de sirocco. Le sirocco est accablant et il n'est pas bon pour la santé... » Il avait en parlant l'air surpris qu'on pût demander des choses pareilles et expliquait avec un geste démonstratif du plat de la main combien le sirocco est accablant. « Ainsi, il n'y a pas d'épidémie à Venise? » chuchota très bas Aschenbach. Les traits musculeux du polichinelle se contractèrent dans une grimace d'ahurissement comique. « Une épidémie? Quelle épidémie? Le sirocco est-il une épidémie? Notre police serait-elle une épidémie par hasard? Vous voulez plaisanter! Une épidémie! Ah! par exemple. Une mesure prophylactique, entendez-vous bien! Une mesure de police contre les effets de la température orageuse... » Et il gesticulait. « C'est bon », dit Aschenbach brièvement et toujours très bas, en laissant vivement tomber dans le chapeau un pourboire exorbitant. Puis il signifia du regard à l'individu de s'en aller. Celui-ci obéit avec un ricanement et de profondes révérences. Mais il n'avait pas encore gagné l'escalier que deux employés d'hôtel se jetaient sur lui et, nez à nez, lui firent subir à voix étouffée un interrogatoire minutieux. Il haussait les épaules, protestait, jurait, c'était visible, qu'il avait été discret. On le laissa partir; il retourna dans le jardin et après un bref conciliabule avec les siens sous la lampe à arc, il s'avança encore une fois pour lancer une chanson d'adieu et de remerciement.

Cette chanson, le solitaire ne se rappelait pas l'avoir jamais entendue; c'était une gaudriole en dialecte, satirique, effrontée et agrémentée d'un refrain d'éclats de rire que la troupe reprenait chaque fois à plein gosier. Au refrain, les paroles aussi bien que l'accompagnement des instruments cessaient, et il ne restait rien qu'un rire gradué suivant un certain rythme, mais rendu d'après nature, un rire que le soliste principalement savait pousser de manière à donner la plus vive illusion. La distance entre l'artiste et l'auditoire se trouvant rétablie, il avait retrouvé toute son insolence, et son rire factice, impudemment lancé vers la terrasse, était sardonique. Dès les dernières paroles de la strophe, il semblait lutter contre un chatouillement irrésistible. Il hoquetait, sa voix tremblait, il pressait la main sur ses lèvres, secouait nerveusement les épaules, et, le moment venu, le ricanement éclatait avec une sincérité d'accent telle qu'il devenait contagieux et se communiquait aux auditeurs, de sorte qu'une hilarité sans objet, s'alimentant d'elle-même, se propageait sur la terrasse. Ce résultat semblait redoubler la gaîté folle du chanteur. Pliant les genoux, se frappant les cuisses, se tenant les côtes, se tordant, il ne riait plus, il s'esclaffait et montrait du doigt la société qui riait là-haut, comme s'il n'y avait rien de plus comique au monde, et à la fin ce fut, dans le jardin et dans la véranda, une hilarité générale à laquelle participaient jusqu'aux garçons, liftboys et domestiques assiégeant les portes.

Aschenbach n'était plus tranquille sur son siège; il se redressait comme pour tenter de fuir ou de se défendre. Mais les éclats de rire, l'odeur d'hôpital qui montait vers lui et dans le voisinage du beau Tadzio, se confondaient en un enchantement où sa tête et son esprit se trouvaient prisonniers dans un réseau magique qu'il ne pouvait ni rompre ni écarter. Dans l'agitation et la distraction générales, il osa jeter un regard vers l'adolescent et ce coup d'œil lui permit de remarquer que le beau garçon, en réponse à son regard, gardait lui aussi sa gravité; on aurait dit qu'il réglait son attitude et son expression sur celles de l'autre, et que l'humeur générale ne pouvait rien sur lui, du moment que celui-là s'y dérobait. Cette docilité enfantine si significative avait quelque chose qui désarmait et abattait toute résistance, au point qu'Aschenbach s'abstint à grand-peine de cacher dans ses mains sa tête aux cheveux gris. Il lui avait d'ailleurs semblé que l'habitude qu'avait Tadzio de se redresser de temps en temps pour respirer plus librement provenait d'un besoin de soupirer pour soulager sa poitrine oppressée. « Il est maladif; il est vraisemblable qu'il ne vivra pas bien longtemps », pensait-il alors, avec cet esprit positif auquel l'ivresse de la passion, par une émancipation singulière, atteint quelquefois, et son cœur se remplit à la fois d'une sollicitude pure et d'une joie libertine.

Cependant, les chanteurs vénitiens avaient fini et se retirèrent. Les applaudissements les suivirent et leur chef ne négligea pas d'agrémenter son départ de nouvelles plaisanteries. Ses révérences, ses saluts de la main provoquaient les rires, de sorte qu'il les multiplia. Quand la troupe était déjà sortie, il fit encore semblant de se cogner rudement contre un poteau de réverbère et se traîna comme courbé de douleur vers la porte. Mais là il jeta enfin brusquement son masque de pitre malchanceux, se redressa comme mû par un ressort, tira effrontément la langue vers les hôtes de la terrasse et se perdit dans l'obscurité. La société des baigneurs se dispersa; Tadzio avait depuis longtemps quitté la balustrade. Mais le solitaire restait, à la surprise des garçons, toujours assis à sa petite table, devant le reste de son sirop de grenadine. La nuit avançait, les heures s'écoulaient. Dans la maison de ses parents, il y avait eu autrefois, bien des années auparavant, un sablier... ce petit instrument, si fragile et si considérable, il le revoyait tout d'un coup comme s'il eût été là devant lui. Silencieusement le sable à teinte de rouille s'écoulait par le passage rétréci du verre, et comme il s'épuisait dans la cavité supérieure, il s'était formé là un petit tourbillon impétueux.

Dès le lendemain après-midi, s'obstinant dans ses recherches, Aschenbach fit une nouvelle démarche pour se rendre compte de ce qui se passait à Venise et cette fois avec un plein succès. Il entra place Saint-Marc à l'agence de voyage tenue par des Anglais, et après avoir changé quelque argent à la caisse, s'adressa au commis qui le servait et lui posa avec sa mine d'étranger défiant la fâcheuse question. Il avait devant lui un Britannique tout vêtu de laine, jeune encore, les cheveux séparés au milieu par une raie, les yeux très rapprochés; l'homme avait cet air de loyauté bien assise qui contraste si singulièrement et si agréablement avec la prestesse friponne du Midi. « Aucune inquiétude à avoir, sir, commença-t-il. C'est une mesure sans signification grave. Ce sont là des dispositions que l'on prend fréquemment pour prévenir les effets délétères de la chaleur et du sirocco... » Mais en levant ses yeux bleus, il rencontra le regard de l'étranger, un regard las et un peu triste, qui était dirigé vers ses lèvres avec une légère expression de mépris. Alors l'Anglais sourit. « Cela, continua-t-il à mi-voix et avec une certaine émotion, c'est l'explication officielle qu'ici l'on trouve bon de maintenir. Je vous avouerai qu'il y a encore autre chose. » Et alors dans son langage honnête et sans recherche, il dit la vérité.

6.

Depuis quelques années déjà le choléra asiatique tendait à se répandre, et on le voyait éclater en dehors de l'Inde avec de plus en plus de violence. Engendrée par la chaleur dans le delta marécageux du Gange, avec les miasmes qu'exhale un monde d'îles encore tout près de la création, une jungle luxuriante et inhabitable, peuplée seulement de tigres tapis dans les fourrés de bambous, l'épidémie avait gagné tout l'Hindoustan où elle ne cessait de sévir avec une virulence inaccoutumée; puis elle s'était étendue à l'est, vers la Chine, à l'ouest, vers l'Afghanistan, la Perse, et, suivant la grande piste des caravanes, avait porté ses ravages jusqu'à Astrakan et même Moscou. Mais tandis que l'Europe tremblait de voir le mal faire son entrée par cette porte, c'est avec des marchands syriens venus d'au-delà des mers qu'il avait pénétré, faisant son apparition simultanément dans plusieurs ports de la Méditerranée; sa présence s'était révélée à Toulon, à Malaga; on l'avait plusieurs fois devinée à Palerme, et il semblait que la Calabre et l'Apulie fussent définitivement infectées. Seul le Nord de la péninsule avait été préservé. Cependant cette année-là — on était à la mi-mai — en un seul jour les terribles vibrions furent découverts dans les cadavres vidés et noircis d'un batelier et d'une marchande des quatre-saisons. On dissimula les deux cas. Mais la semaine suivante il y en eut dix, il y en eut vingt, trente, et cela dans différents quartiers. Un habitant des provinces autrichiennes, venu pour quelques jours à Venise en partie de plaisir, mourut en rentrant dans sa petite ville d'une mort sur laquelle il n'y avait pas à se tromper, et c'est ainsi que les premiers bruits de l'épidémie qui avait éclaté dans la cité des lagunes parvinrent aux journaux allemands. L'édilité de Venise fit répondre que les conditions sanitaires de la ville n'avaient jamais été meilleures et prit les mesures de première nécessité pour lutter contre l'épidémie. Mais sans doute les vivres, légumes, viande, lait, étaient-ils contaminés, car quoique l'on démentît ou que l'on arrangeât les nouvelles, le mal gagnait du terrain; on mourait dans les étroites ruelles, et une chaleur précoce qui attiédissait l'eau des canaux favorisait la contagion. Il semblait que l'on assistât à une recrudescence du fléau et que les miasmes redoublassent de ténacité et de virulence. Les cas de guérison étaient rares; quatre-vingts pour cent de ceux qui étaient touchés mouraient d'une mort horrible, car le mal se montrait d'une violence extrême, et nombreuses étaient les apparitions de sa forme la plus dangereuse, celle que l'on nomme la forme sèche. Dans ce cas, le corps était impuissant à évacuer les sérosités que les vaisseaux sanguins laissaient filtrer en masse. En quelques heures le malade se desséchait et son sang devenu poisseux l'étouffait. Il agonisait dans les convulsions et les râles.

Une chance pour lui si, comme il arrivait quelquefois, le choléra se déclarait après un léger malaise sous la forme d'un évanouissement profond dont il arrivait à peine que l'on se réveillât. Au commencement de juin les pavillons d'isolement de l'Ospedale civico se remplirent sans bruit; dans les deux orphelinats la place venait à manquer, et un va-et-vient macabre se déployait entre le quai neuf et San Michele, l'île du cimetière. Mais la crainte d'un dommage à la communauté, la considération que l'on venait d'ouvrir une exposition de peinture au jardin public et que les hôtels, les maisons de commerce, toute l'industrie complexe du tourisme risquaient de subir de grosses pertes au cas où, la ville décriée, une panique éclaterait, tout cela l'emportait sur l'amour de la vérité et le respect des conventions internationales, et décidait les autorités à persévérer obstinément dans leur politique de silence et de démentis. Le directeur du service de santé de Venise, un homme de mérite, avait démissionné avec indignation, et en sous-main on l'avait remplacé par quelqu'un de plus souple. Cela le peuple le savait, et la corruption des notables de la ville, ajoutée à l'incertitude qui régnait, à l'état d'exception dans lequel la mort rôdant plongeait la ville, provoquait une démoralisation des basses classes, une poussée de passions honteuses, illicites, et une recrudescence de criminalité où on les voyait faire explosion, s'afficher cyniquement. Fait anormal, on remarquait le soir beaucoup d'ivrognes; la nuit, des rôdeurs rendaient, disait-on, les rues peu sûres; les agressions, les meurtres se répétaient, et deux fois déjà il s'était avéré que des personnes soi-disant victimes du fléau avaient été empoisonnées par des parents qui voulaient se débarrasser d'eux; le vice professionnel atteignait un degré d'insistance et de dépravation qu'autrement l'on ne connaissait guère dans cette région, et dont on n'a l'habitude que dans le Sud du pays et en Orient. L'Anglais raconta à Aschenbach l'essentiel de tout cela. « Vous feriez bien, conclut-il, de partir, et aujourd'hui plutôt que demain. La déclaration de quarantaine ne saurait guère tarder plus de quelques jours. — Merci », dit Aschenbach, et il quitta les bureaux.

Une touffeur d'été pesait sur la place sans soleil. Des étrangers qui ne savaient pas étaient assis à la terrasse des cafés, ou se tenaient au milieu des volées de pigeons devant l'église, et s'amusaient à les voir s'ébattre, se bousculer, picorer les grains de maïs qu'on leur tendait dans le creux de la main. Agité, fébrile, triomphant de posséder la vérité, la bouche pleine de dégoût, et le cœur frissonnant à de fantastiques visions, Aschenbach arpentait, solitaire, les dalles de la cour d'honneur. Il délibérait sur la possibilité d'une action qu'il convenait de décider, qui serait purificatrice. Le soir même après dîner, il pouvait s'approcher de la dame aux perles et lui parler en termes que déjà il se formulait : « Permettez, madame, à un étranger de vous apporter un conseil, un avertissement dont vous prive l'égoïsme des autres. Quittez Venise tout de suite, avec Tadzio et vos filles! le choléra est dans la ville. » Il lui serait ensuite loisible de poser sur la tête de l'adolescent qui partait, et qui avait été l'instrument d'un dieu railleur, ses deux mains, et puis, se détournant, de fuir ce marécage. Mais au même instant il sentait qu'il était infiniment éloigné de prendre pour de bon une telle résolution. Le pas franchi le ramènerait en arrière, le rendrait à lui-même; mais qui est hors de soi ne redoute rien tant que d'y rentrer. Il se souvenait d'une bâtisse claire ornée d'inscriptions qui luisaient dans la tombée du jour, et dont la transparente mystique avait attiré son regard, sa pensée errante; et aussi de cette étrange silhouette de voyageur qui avait éveillé dans son cœur vieillissant le juvénile désir de partir, d'aller sans but, au loin, à l'aventure; et l'idée de retourner chez lui, de se reprendre, de laisser tomber l'excitation, d'œuvrer à la tâche qui exige labeur et maîtrise, lui répugnait à un degré tel que ses traits se contractèrent pour exprimer un dégoût physique : « Il faut se taire », murmura-t-il avec véhémence. Et : « Je me tairai. » Se sentir de connivence, avoir conscience d'être complice, l'enivrait comme fait un peu de vin d'un cerveau fatigué. Le tableau de la ville frappée par le fléau et laissée à l'abandon, déroulé fiévreusement dans son imagination, allumait en lui des espérances dépassant l'esprit, débordant la raison, et d'une monstrueuse douceur. Qu'était pour lui le délicat bonheur dont il venait de rêver un moment auprès de cette attente ? Que pouvaient maintenant lui faire art et vertu, au regard des privilèges du chaos ? Il garda le silence et demeura.

Cette nuit-là il eut un rêve épouvantable — si l'on peut nommer du nom de rêve ce drame du corps et de l'esprit qui sans doute se produisit alors qu'il dormait profondément et se présentait sous des formes sensibles et en totale indépendance de lui, mais aussi sans qu'il eût conscience d'être lui-même en dehors des événements était bien plutôt son âme elle-même, et fondant sur lui du dehors, ils brisaient sa résistance, faisaient violence aux forces profondes de son esprit, bouleversaient tout, et laissaient son existence, laissaient l'édifice intellectuel de sa vie entière ravagé, anéanti.

Cela commença par de l'angoisse, de l'angoisse et de la volupté, et, mêlée à l'horreur, une curiosité de ce qui viendrait ensuite. La nuit régnait et ses sens étaient en éveil ; car venant du lointain on entendait s'approcher un tumulte, un fracas, un brouhaha fait d'un bruit de chaînes, de trompettes, de grondements sourds pareils au tonnerre, des cris aigus de la jubilation et d'un certain hurlement, de hululements avec des « ou » prolongés, le tout mêlé de chants de flûte, roucoulants et graves, voluptueux et éhontés, qui ne cessaient point, qui de leur horrible douceur dominaient le reste, et libidineusement prenaient l'être aux entrailles. Mais il connaissait un mot obscur et qui pourtant désignait ce qui allait venir : « La divinité étrangère ! » Des lueurs fuligineuses s'allumaient : il reconnut une montagne semblable à celle qui entourait son séjour d'été. Et dans les lumières qui déchiraient l'ombre des hauteurs boisées, entre les fûts des arbres et les pans de rochers moussus, quelque chose descendait en avalanche et se précipitait vers lui : un tourbillon, une cascade d'hommes, d'animaux, un essaim, une meute en furie — et cela inondait les pentes gazonnées de corps, de flammes, de danses échevelées, de rondes vertigineuses. Des femmes vêtues de peaux de bêtes qui leur pendaient à la ceinture et dans lesquelles elles s'embarrassaient les pieds, agitaient au-dessus de leurs têtes, qu'elles rejetaient en arrière en poussant un râle, des tambours de basque ; elles brandissaient des torches projetant des gerbes d'étincelles, et des poignards nus ; elles portaient des serpents qu'elles empoignaient par le milieu du corps, et qui dardaient leurs langues aiguës ; ou elles allaient poussant des cris, et offrant des deux mains leurs seins soulevés. Des hommes avec des cornes sur le front et des dépouilles d'animaux à la ceinture, eux-mêmes velus à la façon des ours, courbaient la nuque, se démenaient de tous leurs membres, faisaient retentir des cymbales d'airain ou gesticulaient furieusement en frappant sur des timbales, tandis que des garçons aux corps nus et polis aiguillonnaient avec des bâtons enguirlandés de verdure des boucs aux cornes desquels ils s'accrochaient, se laissant entraîner à leurs bonds avec des cris d'allégresse. Et les possédés hululaient leur chant fait de consonnes douces s'achevant sur l' « ou » prolongé avec des tons d'une sauvagerie et d'une douceur inouïes. D'un certain endroit, il montait canalisé dans les airs, pareil à l'appel du cerf qui brame, et plus loin il se trouvait répété à mille voix avec des accents de triomphe fou, excitant à la danse, aux gesticulations, et jamais on ne le laissait s'arrêter. Mais tout était traversé, dominé par le son grave et charmeur de la flûte. Ne le charmait-il pas lui aussi qui en se débattant vivait cette scène, et se sentait obstinément attiré par la licencieuse fête et les emportements de l'extrême offrande ? Grande était sa répugnance, grande sa crainte, loyale sa volonté de protéger jusqu'au bout ce qui était sien contre l'étranger, l'ennemi de l'esprit qui veut se tenir et se contenir. Mais le bruit, le sauvage appel multiplié par l'écho des rochers grandissait, l'emportait, s'enflait en irrésistible délire.

Des vapeurs prenaient au nez, l'âcre odeur des boucs, le relent des corps haletants, un souffle pareil à celui qu'exhalent les eaux corrompues, et puis une autre odeur encore, familière, sentant les blessures et les maladies qui sont dans l'air. Aux coups des timbales son cœur retentissait, son cerveau tournait, il était pris de fureur, d'aveuglement, une volupté l'hébétait et de toute son âme il désirait entrer dans la ronde de la divinité. Du symbole obscène fait d'un bois gigantesque on laissa tomber le voile et lorsqu'il se trouva érigé avec des cris plus effrénés encore ils prononcèrent la parole du rite. L'écume aux lèvres, déments, ils s'excitaient les uns les autres avec des gestes lubriques; leurs mains s'égaraient; au milieu de rires et de gémissements ils s'enfonçaient mutuellement des aiguillons dans la chair et léchaient le sang qui coulait de leurs membres. Et le dormeur était avec eux, il était en eux; et son rêve venait de le livrer à la divinité étrangère. Oui, il venait à s'incarner en chacun de ceux qui, avec des gestes de furie et de massacre, se jetaient sur les bêtes et engloutissaient des lambeaux fumants de leur chair, lorsque pour la suprême offrande au dieu une mêlée sans nom finit par se produire sur la mousse saccagée. Et son âme connut le goût de la luxure, l'ivresse de s'abîmer et de se détruire.

De ce rêve, la victime s'éveilla anéantie, bouleversée, livrée sans défense au démon. Il ne redoutait plus les regards de ceux qui l'observaient; qu'il leur fût suspect ne le souciait point. D'ailleurs ils partaient, fuyaient; les cabines en grand nombre demeuraient vides; la table d'hôte se dégarnissait de plus en plus, et il était rare de voir encore un étranger dans la ville. Il semblait que la vérité eût filtré; la panique, en dépit du tenace concert des intéressés, ne pouvait plus être empêchée. Mais la dame aux perles restait avec les siens, soit que les bruits ne fussent point parvenus jusqu'à elle, soit qu'elle fût trop fière et trop au-dessus de la peur pour céder : Tadzio restait, et il semblait parfois à Aschenbach pris dans son rêve que la fuite et la mort feraient disparaître à la ronde toute vie qui le gênait, qu'il pourrait demeurer seul en cette île avec le bel adolescent; le matin sur la plage quand il posait sur la figure désirée un regard lourd, fixe, irresponsable, quand à la nuit tombante, perdant toute retenue, il le suivait dans les ruelles où se dissimulait la mort écœurante, il allait jusqu'à trouver pleins d'espoir des horizons monstrueux, et estimer caduque la loi morale.

Autant que n'importe quel amoureux il souhaitait de plaire et s'inquiétait amèrement à la pensée que cela pût n'être pas possible. Il ajoutait à son vêtement de quoi l'égayer comme celui d'un jeune homme, il portait des pierres précieuses, usait de parfums; il passait chaque jour de longues séances à sa toilette et se rendait à table paré, excité, tendu. En face de l'adolescent délicieux dont il s'était épris, son corps vieillissant le dégoûtait ; à voir ses cheveux gris, les traits marqués de son visage, il était pris de honte et de désespérance. Quelque chose le poussait à rendre à son corps de la fraîcheur, à le refaire. On le voyait souvent dans le salon de coiffure de l'hôtel ; enveloppé du peignoir, allongé sur la chaise, s'abandonnant aux soins d'un coiffeur bavard, il considérait d'un regard tourmenté son image dans le miroir.

— Grisonnant, dit-il avec un rictus.

— Un peu, répondit l'homme. D'ailleurs à cause d'une petite négligence, d'une insouciance des détails de toilette bien compréhensible chez tous les grands personnages, et que pourtant l'on peut critiquer ; d'autant plus que précisément les préjugés relatifs aux agréments de l'art ne sont pas de mise pour eux. Si la sévérité dont certaines gens témoignent à l'égard des artifices du coiffeur s'appliquait aux soins des dents, comme il serait logique, quel scandale ne serait-ce point ? En somme, nous n'avons que l'âge que nous donnent notre esprit, notre cœur ; et il arrive que les cheveux gris soient une inconséquence plus réelle que ne le serait un correctif que l'on dédaigne. C'est ainsi que dans votre cas, monsieur, on aurait droit à retrouver la couleur naturelle de ses cheveux. Permettez-vous que tout simplement je m'emploie à vous la rendre ?

— Comment cela ? questionna Aschenbach.

Alors l'éloquent coiffeur lava la chevelure de son

client avec deux sortes d'eau, une claire et une foncée, et elle devint noire comme lorsqu'il avait vingt ans. Puis avec le fer à friser il l'ondula mollement, prit du recul et lorgna son œuvre.

— Il ne resterait plus, dit-il, qu'à rafraîchir quelque peu le visage.

Et en homme qui n'en peut finir, que rien ne satisfait entièrement, il se mit à passer d'une manipulation à l'autre, avec un air de plus en plus affairé. Aschenbach, indolemment allongé, incapable de résister, et repris d'espoir à ce spectacle, regardait dans la glace ses sourcils se dessiner, s'arquer harmonieusement, ses yeux s'agrandir en amandes et briller d'un plus vif éclat grâce à un cerne de khôl sous la paupière; plus bas, là où auparavant la peau était flasque, jaune et parcheminée, il voyait paraître un carmin léger; ses lèvres tout à l'heure exsangues s'arrondissaient, prenaient un ton framboise; les rides des joues, de la bouche, les pattes d'oie aux tempes disparaissaient sous la crème et l'eau de Jouvence... Avec des battements de cœur, Aschenbach découvrait dans la glace un adolescent en fleur. L'homme au cosmétique se déclara enfin satisfait et remerciant avec obséquiosité, à la façon de son espèce, celui qu'il venait de servir. « D'insignifiantes retouches, dit-il, mettant la dernière main à ses artifices. Monsieur peut maintenant tomber amoureux sans crainte. » Ravi, emporté par son rêve, troublé et craintif, Aschenbach s'en alla. Il portait une cravate rouge, et son chapeau de paille à larges bords avait un ruban de couleur.

Un tiède vent d'orage s'était mis à souffler. Il ne tombait que de rares et fines ondées, mais l'air était humide, épais, corrompu et chargé de miasmes. Les oreilles d'Aschenbach s'emplissaient de bourdonnements, de battements, de sifflements; fiévreux sous son fard, il croyait entendre passer autour de lui et s'ébattre dans l'espace de malfaisants génies de l'air, et les funèbres oiseaux des mers repus de la chair des potences qu'ils viennent déchiqueter, fouiller et souiller. Car il faisait si lourd que l'on perdait tout appétit, et l'on ne pouvait se défendre d'imaginer les mets empoisonnés des germes de la contagion.

Sur les pas du bel adolescent, Aschenbach, un après-midi, s'était enfoncé dans les dédales du centre de la cité empestée. Ne sachant plus s'orienter, étant donné que toutes les ruelles, les canaux, les passerelles et les places du labyrinthe se ressemblaient, n'étant même plus sûr de quel côté se trouvait l'hôtel, il ne pensait qu'à une chose : ne pas perdre de vue la silhouette ardemment suivie; et tenu à des précautions dégradantes, rasant les murailles, se dissimulant derrière les passants, il fut longtemps avant de se rendre compte de la fatigue, de l'épuisement que sa passion et une incessante tension avaient infligés à son corps et à son esprit. Tadzio marchait derrière les siens; dans les passages resserrés il cédait habituellement le pas à sa gouvernante et aux petites nonnes, ses sœurs; flânant en arrière, de temps en temps il retournait la tête pour s'assurer d'un coup d'œil par-dessus l'épaule, d'un regard de ses étranges yeux couleur d'aube, que son amoureux le suivait. Il le voyait sans le trahir. Grisé par cette constatation, entraîné par ces yeux, tenu en lisière par sa passion, celui-ci se faufilait à la poursuite de son inconvenante espérance; il finit par se trouver volé. Les Polonais avaient franchi un pont en ogive, la hauteur de l'arche les cacha à leur suiveur, et quand il l'eut gravie à son tour il les avait perdus de vue. Il explora l'horizon dans trois directions, droit devant lui et de chaque côté, le long du quai étroit et sale; en vain. L'énervement, une fatigue à tomber le forcèrent enfin à abandonner ses recherches.

La tête lui brûlait, la sueur poissait à sa peau, sa nuque tremblait, une soif insupportable le torturait; il chercha des yeux n'importe quoi pour se rafraîchir, tout de suite. A l'étalage d'une petite boutique il acheta quelques fruits, des fraises, marchandise trop mûre et molle, dont il mangea en continuant sa route. Une petite place déserte, et qu'on eût dit évoquée par la baguette d'un enchanteur, s'ouvrait devant lui; il la reconnut; c'était là, quelques semaines auparavant, qu'il avait combiné pour fuir le plan manqué. Sur les marches de la citerne, au milieu de la place, il s'affala, la tête appuyée à la margelle de pierre. Pas un bruit, l'herbe poussait entre les pavés, des détritus étaient épars alentour.

Parmi les maisons inégales et dégradées qui entouraient la place, il y en avait une qui avait l'air d'un palais, avec des fenêtres en ogive derrière lesquelles habitait le vide, et de petits balcons ornés de lions. Au rez-de-chaussée d'une autre se trouvait une pharmacie. Des bouffées d'air chaud apportaient par moments une odeur de phénol.

Il était donc assis là, le maître, l'artiste qui avait su croître en dignité, l'auteur du *Misérable* qui avait, en une forme d'une pureté exemplaire, abjuré la bohème et le trouble des bas-fonds, dénoncé toute sympathie avec les abîmes, réprouvé le répréhensible; lui qui était monté si haut, lui qui s'étant affranchi de son savoir et libéré de l'ironie avait pris l'habitude de se croire tenu par la confiance qu'il inspirait à son public — Gustav Aschenbach dont la gloire était officielle, dont le nom avait été anobli et dont le style était imposé en modèle aux enfants des écoles, était assis là, les paupières fermées; par intervalles seulement il coulait à la dérobée un regard oblique, ironique et atterré, sur lequel vite se refermaient les paupières et ses lèvres flasques, dessinées au rouge, formulaient des mots détachés du discours que son cerveau engourdi composait selon l'étrange logique du rêve.

« Car, remarque-le bien, Phaidros, la beauté, la beauté seule est divine et visible à la fois, et ainsi c'est par elle que l'on s'achemine au sensible; c'est par elle, petit Phaidros, que l'artiste s'engage dans les chemins de l'esprit. Mais crois-tu donc, ami, que celui-là atteindra jamais à la sagesse et à une virilité véritable qui s'achemine vers l'esprit par la voie des sens ? Ou est-ce que tu crois (à toi de décider) que cette voie soit pleine d'aimables dangers, que ce soit vraiment une voie tortueuse et coupable, et qu'elle mène nécessairement à l'erreur ? Car il faut que tu saches que, nous autres poètes, nous ne pouvons suivre le chemin de la beauté sans qu'Éros se joigne à nous et prenne la direction ; encore que nous puissions être des héros à notre façon, et des gens de guerre disciplinés, nous sommes comme les femmes, car la passion est pour nous édification, et notre aspiration doit demeurer amour... tel est notre plaisir et telle est notre honte. Vois-tu maintenant qu'étant poètes nous ne pouvons être ni sages, ni dignes ? Qu'il nous faut nécessairement errer, nécessairement être dissolus, et demeurer des aventuriers du sentiment ? La maîtrise de notre style est mensonge et duperie ; notre gloire, les honneurs qu'on nous rend, une farce ; la confiance de la foule en nous, ridicule à l'extrême ; l'éducation du peuple et de la jeunesse par l'art, une entreprise risquée qu'il faut interdire. Car à quelle éducation serait-il propre celui que sa nature, incorrigiblement, incline vers l'abîme ? L'abîme, nous le renierions volontiers pour nous rendre dignes. Mais où que nous nous tournions il nous attire. C'est ainsi que nous adjurons la connaissance dissolvante, car la connaissance,

Phaidros, n'est ni digne, ni sévère; elle sait, elle comprend, elle pardonne — elle n'a ni rigidité, ni forme; elle est en sympathie avec l'abîme, elle est l'abîme. Nous la rejetons donc décidément, et dès lors notre effort tend vers la seule beauté, c'est-à-dire vers le simple, le grand; vers la sévérité, la spontanéité reconquises et le style. Mais style et spontanéité, Phaidros, entraînent la griserie et le désir, risquent de conduire celui qui sent noblement à d'effroyables sacrilèges du cœur, encore que son goût d'une beauté sévère les déclare infâmes... c'est à l'abîme que mènent forme et style; eux aussi — à l'abîme. Ils nous y conduisent aussi, dis-je, car le poète n'est pas capable de durable élévation, il n'est capable que d'effusions. Et maintenant, Phaidros, demeure, moi je pars; et alors seulement que tu ne me verras plus, pars, toi aussi. »

Quelques jours plus tard Gustav d'Aschenbach, qui se sentait souffrant, quitta l'hôtel à une heure plus avancée de la matinée qu'il n'avait coutume. Il avait à surmonter certains accès de vertige qui n'étaient qu'à demi de nature physique et s'accompagnaient d'une crise d'angoisse, de la sensation qu'il n'y avait ni issue, ni espoir, sans qu'il s'expliquât si cette sensation se rapportait au monde extérieur ou à sa propre personne. Dans le hall, il remarqua un monceau de bagages prêts à partir, demanda au portier qui s'en allait; en réponse on lui donna, accompagné du titre de noblesse, le nom de la famille polonaise, celui-là même qu'en secret il avait attendu. Il l'écouta sans que ses traits défaits eussent bougé, et avec ce léger mouvement du menton dont on accompagne une nouvelle qui ne vous intéresse qu'incidemment, puis ajouta : « Quand ? — Après le lunch », lui fut-il répondu. Il acquiesça d'un signe de tête et se rendit à la mer.

La côte était inhospitalière. Sur la vaste étendue d'eaux basses qui séparait du bord le premier banc de sable, d'un bout à l'autre de la surface de légères rides couraient. Le souffle de l'automne, des choses qui ont cessé de vivre, semblait passer sur ce lieu de plaisir autrefois animé de si vives couleurs, maintenant presque désert, et mal entretenu. Un appareil photographique dont on ne voyait pas à qui il appartenait reposait sur son pied, au bord de l'eau, et le voile noir posé dessus claquait au vent qui avait fraîchi.

Tadzio, avec trois ou quatre compagnons qui lui étaient restés, prenait ses ébats à droite de la cabine de sa famille, et une couverture sur les genoux, à mi-chemin entre la mer et la rangée des cabines, Aschenbach, allongé sur sa chaise, le suivit encore une fois du regard. Le jeu que personne ne surveillait, car les femmes étaient sans doute occupées à des préparatifs de voyage, semblait ne plus suivre la règle, et il dégénéra. Le garçon trapu aux cheveux noirs et pommadés qui portait un norfolk et que l'on appelait Jaschou, irrité parce qu'on lui avait jeté du sable dans le visage et dans les yeux, obligea Tadzio à lutter avec lui et bientôt le frêle adolescent succomba. Mais comme si à l'heure de la séparation la servilité de l'inférieur s'était changée chez Jaschou en brutalité et en cruauté, et comme s'il avait voulu se venger d'un long esclavage, vainqueur il ne lâchait pas l'adversaire abattu, mais au contraire, appuyant les genoux sur son dos, il lui maintint le visage dans le sable pendant si longtemps que Tadzio déjà essoufflé par la lutte risquait d'étouffer. Ses tentatives de secouer l'adversaire qui l'oppressait étaient convulsives; par moments elles cessaient tout à fait et elles ne reprenaient que par soubresauts. Hors de lui, Aschenbach voulait bondir à son secours lorsque le brutal abandonna enfin sa victime. Tadzio, très pâle, se redressa à moitié et assis, appuyé sur un coude, il demeura quelques minutes sans bouger, les cheveux embroussaillés, avec une ombre dans le regard; puis il se redressa tout à fait et s'éloigna lentement. On l'appelait, et la voix, d'abord gaie, se faisait inquiète et suppliante; il n'entendait pas. L'autre, le garçon aux cheveux noirs, peut-être pris de repentir aussitôt l'acte commis, le rattrapa et chercha une réconciliation. Tadzio l'écarta d'un geste de l'épaule et descendit obliquement vers la mer. Il était nu-pieds et portait son vêtement de toile rayée orné d'un nœud rouge.

Au bord du flot il s'arrêta, la tête basse, traçant de la pointe du pied des figures dans le sable humide;

puis il entra dans la flaque marine qui à son endroit le plus profond ne lui montait pas au genou; il la traversa et avançant nonchalamment il atteignit le banc de sable. Là il s'arrêta un instant, le visage tourné vers le large; puis se mit à parcourir lentement la longue et étroite langue de sable que la mer découvrait. Séparé de la terre ferme par une étendue d'eau, séparé de ses compagnons par un caprice de fierté, il allait, vision sans attaches et parfaitement à part du reste, les cheveux au vent, là-bas, dans la mer et le vent, dressé sur l'infini brumeux. Une fois encore l'image immobile se détacha et soudain, comme à un souvenir, à une impulsion, gracieusement incliné par rapport à sa première position, il tourna le buste, une main sur la hanche, et par-dessus l'épaule regarda la rive. Aschenbach était assis là-bas, comme le jour où pour la première fois repoussé du seuil, son regard avait rencontré le regard de ces yeux couleur d'aube. Sa tête, glissant sur le dossier de la chaise, s'était lentement tournée pour accompagner le mouvement de celui qui s'avançait là-bas; maintenant elle se redressait comme pour aller au-devant de son regard, puis elle s'affaissa sur la poitrine, les yeux retournés pour voir encore, tandis que le visage prenait l'expression relâchée et fervente du dormeur qui tombe dans un profond sommeil. Il semblait à Aschenbach que le psychagogue pâle et digne d'amour lui souriait là-bas, lui montrant le large; que, détachant la main de sa hanche, il tendait le doigt vers le lointain, et prenant les devants s'élançait comme une ombre dans le vide énorme et plein de promesses. Comme tant de fois déjà il voulut se lever pour le suivre.

Quelques minutes s'écoulèrent avant que l'on accourût au secours du poète dont le corps s'était affaissé sur le bord de la chaise. On le monta dans sa chambre.

Et le jour même la nouvelle de sa mort se répandit par le monde où elle fut accueillie avec une religieuse émotion.

(traduit par Félix Bertaux et Charles Sigwalt)

TRISTAN

1.

EINFRIED

Blanche et rectiligne, la longue bâtisse principale, flanquée de deux ailes, s'élève au milieu d'un vaste jardin orné de grottes, d'allées en berceau et de petits pavillons rustiques, tandis que, derrière ses toits ardoisés, les montagnes vertes de sapins, massives, mollement creusées, se dressent dans le ciel.

Le docteur Leander continue comme par le passé à diriger l'établissement. Il porte une barbe noire à deux pointes, dure et frisée comme du crin, des lunettes aux verres épais et brillants. Il a l'aspect d'un homme que la science a rendu impassible. Elle lui a donné une sorte de pessimisme tranquille et indulgent.

Il mène ses clients avec une fermeté qui n'est pas pour déplaire à des malades, trop faibles pour se conduire eux-mêmes et qui se paient une discipline étrangère.

Quant à Mlle von Osterloh, elle conduit la maison avec un dévouement inlassable. Mon Dieu! avec quel zèle elle monte et descend les escaliers d'un bout à l'autre du sanatorium! Elle régente la cuisine, veille aux provisions, grimpe aux armoires à linge, commande les domestiques et, par économie, s'occupe de l'hygiène de la table et aussi de son élégance. Elle gouverne avec précaution. Son activité excessive ne lui attire pas les prétendants. Nul ne s'est encore avisé de la demander en mariage. Pourtant, sur son visage où deux fossettes se creusent au milieu des joues luisantes, on pourrait deviner le secret espoir de devenir un jour l'épouse du docteur Leander.

Les envieux et les concurrents du docteur Leander sont eux-mêmes forcés de reconnaître qu'Einfried, avec son ozone et son air reposant, convient aux tuberculeux. Mais il n'y a pas que des tuberculeux à Einfried; on y rencontre des malades de toutes espèces, hommes, femmes et aussi des enfants. Dans tous les genres de maladies, le docteur Leander a obtenu des résultats heureux. Il y a là des gastralgiques, telle la femme du conseiller Spatz, qui, de plus, souffre d'une affection d'oreille, des cardiaques, des paralytiques, des rhumatisants et toutes les variétés des maladies nerveuses. Un général atteint du diabète y dépense sa pension, sans cesser de grogner. Quelques messieurs au masque décharné projettent brusquement leurs jambes en avant sans pouvoir se maîtriser, ce qui ne fait augurer rien de bon. Une dame d'une cinquantaine d'années, la femme du pasteur Höhlenrauch, qui a mis au monde dix-neuf enfants, a perdu l'esprit, sans avoir trouvé la paix. Elle divague : suites de troubles nerveux, survenus il y a un an environ. Soignée par son infirmière, elle demeure passive et muette et circule au hasard, d'un air égaré, à travers la maison.

Parmi les grands malades, qui gardent la chambre et ne peuvent se montrer ni à table, ni dans le salon de conversation, il en meurt un de temps en temps. Personne ne s'en aperçoit, pas même le voisin de chambre. Dans le silence de la nuit, on procède à l'enlèvement de l'hôte de cire. Et l'activité, qui n'a pas été interrompue, se poursuit dans la maison. C'est le massage, l'électricité, les douches, le bain, la gymnastique, la sudation et l'inhalation, avec tous les perfectionnements modernes...

L'animation était grande à Einfried. L'établissement prospérait. A peine le docteur Leander, suivi de Fräulein Osterloh, avait-il poliment reconduit les partants jusqu'à la voiture, que le portier, à l'entrée d'une des ailes, tirait la cloche, annonçant un nouvel hôte. Qui n'avait pas été hébergé à Einfried!

En ce moment s'y trouvait même un écrivain, homme excentrique qui portait le nom d'une pierre précieuse [1] et qui y dépensait, en pure perte, les beaux jours du bon Dieu.

1. *Spinell*, qui signifie rubis.

Le docteur Leander est d'ailleurs secondé par un médecin qui s'occupe des cas légers et des incurables. Il se nomme Müller et ne mérite pas la peine qu'on parle de lui.

***

Dans le commencement de janvier, un gros commerçant du nom de Klöteryahn — de la firme A.-E. Klöteryahn et Co — amena sa femme à Einfried. Le portier tira la cloche, et c'est dans le salon du rez-de-chaussée, du plus pur style Empire, comme l'était du reste en grande partie l'ancienne maison, que Fräulein Osterloh accueillit les voyageurs arrivés de loin. Il s'inclina et la conversation s'engagea. Au-dehors, le jardin hivernal s'étendait avec ses plates-bandes protégées de paille, ses grottes recouvertes de neige et ses petits pavillons isolés. Vis-à-vis de la grille qui donnait sur la route (les voitures n'ayant pas accès dans le jardin), deux hommes de peine traînaient les malles des nouveaux hôtes.

— Lentement, Gabrielle! *take care*, mon ange! Tiens la bouche fermée! dit M. Klöteryahn, tandis qu'il traversait le jardin avec sa femme.

Ce *take care*, toute personne sensible l'eût prononcé en voyant cette jeune dame débile; mais pourquoi ne l'avoir pas dit en allemand?

Le cocher qui avait conduit les voyageurs était

resté impassible, la langue entre les dents, tandis que le gros commerçant aidait sa femme à descendre de voiture; seuls les deux « bai brun » enveloppés de vapeur avaient semblé suivre cette scène pénible d'un regard de pitié.

La jeune femme, qui venait des bords de la Baltique, souffrait du larynx; ainsi du moins l'affirmait la lettre que M. Klöteryahn présenta au médecin en chef d'Einfried. Grâce à Dieu, les poumons n'étaient pas attaqués. Et cependant, aurait-elle pu avoir un regard plus voilé, plus immatériel que celui qu'on lui voyait, alors que, pâle et fatiguée, elle s'abandonnait dans un large fauteuil laqué blanc, auprès du robuste mari qui lui faisait la conversation?

Ses jolies mains blanches ne portent qu'une simple alliance. Elles pendent le long de sa jupe raide et sombre, que rehausse un corsage gris argent, à col droit, garni d'arabesques de velours. Le drap lourd et chaud fait paraître la tête fine, douce et pâle, plus irréelle et plus charmante encore. Ses cheveux, d'un brun doré, ramassés en chignon au bas du cou, sont ramenés en arrière. Une boucle folle effleure la tempe droite, au-dessus du sourcil bien dessiné, là où une petite veine étrange et maladive, d'un bleu pâle, se ramifie dans la transparence et la pureté du front diaphane. Cette petite veine domine l'ovale du visage de façon inquiétante et se gonfle chaque fois que la jeune femme parle ou sourit. Le visage prend alors une expression tourmentée et pénible qui vous cause une vague angoisse.

Mme Klöteryahn parle néanmoins et rit. Elle parle franchement et gentiment d'une voix un peu voilée, et ses yeux fatigués, plongés dans l'ombre, rient en même temps que sa bouche, belle, pâle et cependant resplendissante, à cause, sans doute, des lèvres fines aux contours nettement dessinés. Parfois elle est prise d'une petite toux. Elle porte un mouchoir à sa bouche.

— Ne tousse pas, Gabrielle, dit M. Klöteryahn. Tu sais bien qu'à la maison le docteur Hinzpeter te l'a expressément défendu, *darling*; fais un petit effort, mon ange. Ce n'est, on te l'a dit, que le larynx. J'ai cru un instant que ça venait des poumons. Et Dieu sait si j'ai eu peur! Mais, encore une fois, ce ne sont pas les poumons, que diable! n'est-ce pas, Gabrielle? Ho! ho!

— Sans doute, dit le docteur Leander, dont les lunettes projetèrent sur elle leur éclat.

M. Klöteryahn demanda ensuite du café — café avec petits pains beurrés — et sa façon de prononcer ces mots était si expressive que l'eau vous en venait à la bouche.

On lui apporta ce qu'il demandait; on lui donna une chambre pour lui et sa femme. Ils s'installèrent, et le docteur Leander se chargea de la malade sans le concours du docteur Müller.

***

La personnalité de la nouvelle malade fit sensation à Einfried. M. Klöteryahn, accoutumé à un pareil succès, reçut les hommages qu'on offrait à sa femme avec satisfaction.

Lorsque le général diabétique aperçut pour la première fois Mme Klöteryahn, il cessa un instant de grogner; les messieurs au visage décharné, à l'approche de la jeune femme, sourirent et cherchèrent à maîtriser leurs jambes; quant à la femme du conseiller Spatz, elle lui fit accueil. Enfin, l'épouse de M. Klöteryahn fit sur tous une impression profonde.

L'écrivain, qui depuis quelques semaines perdait son temps à Einfried, homme étrange et dont le nom a le son harmonieux d'une pierre précieuse, pâlit, quand il passa à côté d'elle, dans le corridor. Il s'arrêta et resta cloué sur place bien après qu'elle eut disparu.

Deux jours ne s'étaient pas écoulés que toute la compagnie connaissait son histoire. Elle était née à Brême, ce qui se reconnaissait à son accent et à certains traits du visage. C'est, en effet, dans cette ville qu'elle avait consenti, voici deux ans, à devenir la femme du commerçant Klöteryahn. Elle l'avait suivi dans sa ville natale, tout au nord, sur les bords de la Baltique, et c'est là qu'elle lui avait donné, il y a environ dix mois, dans des circonstances particulièrement dangereuses, un héritier, admirable de santé.

Depuis ces jours terribles, elle n'avait pas recouvré ses forces, en admettant qu'elle en eût jamais eu. A peine relevée de ses couches, totalement épuisée, elle se mit à cracher légèrement du sang en toussant — oh ! bien peu de chose, mais enfin il aurait mieux valu que cela n'arrivât pas ! — Ce qui inquiéta davantage M. Klöteryahn, c'est que ce petit accident peu rassurant se renouvela quelque temps après.

Comme suprême remède, le docteur traitant, Hinzpeter, prescrivit à la malade le repos le plus complet. Il lui ordonna de la glace par petits morceaux et, afin d'apaiser l'irritation de la gorge et de calmer le cœur autant que possible, il lui administra de la morphine.

La guérison n'arrivait pas, et tandis que l'enfant, le jeune et inconscient Antoine Klöteryahn, un merveilleux baby, tenait solidement dans la vie la place qu'il y avait conquise, la jeune mère se consumait lentement...

Il ne s'agissait que du larynx ! Ce mot, dans la bouche du docteur Hinzpeter, exerçait une action surprenante, consolante, calmante et pour ainsi dire sereine sur tout l'entourage. Quoiqu'il ne fût pas question des poumons, le docteur avait cependant jugé urgent et nécessaire d'envoyer la malade dans un climat plus doux, pour y suivre une cure qui pouvait hâter la guérison. La réputation du sanatorium Einfried et celle du directeur avaient fait le reste.

C'est ce qui arriva, et l'on pouvait entendre M. Klöteryahn manifester ouvertement son contentement.

Il parlait haut en écartant les lèvres avec excès, à la fois prolixe et bref comme le sont les habitants des côtes du Nord. Sa belle humeur était celle d'un homme dont l'estomac et les finances sont en règle.

Certains mots avaient la sonorité d'une décharge. Il riait alors comme il eût ri d'une bonne plaisanterie.

De taille moyenne et de large carrure, robuste et court de jambes, il avait la figure ronde et rouge, les yeux bleu de mer ombragés par des cils d'un blond pâle, de larges narines et les lèvres humides. Il portait des favoris à l'anglaise, s'habillait comme un Anglais et fut ravi de rencontrer à Einfried une famille anglaise, composée du père, de la mère et de trois beaux enfants avec leur nurse, qui y vivait dans l'isolement et avec laquelle il prit le petit déjeuner, à l'anglaise. Au reste, il aimait bien manger et bien boire et se montrait fin connaisseur en cuisine et en vins. Il parlait volontiers avec les pensionnaires des dîners que donnaient ses amis là-bas, et il leur décrivait maints plats exquis que l'on ne connaissait pas ici. Ses yeux prenaient en même temps une expression aimable; il faisait claquer sa langue, et sa voix avait des intonations qui venaient du palais et du nez.

Il n'était pas moins porté aux plaisirs de la chair. Le talentueux écrivain, pensionnaire d'Einfried, en avait eu la preuve le soir qu'il l'avait surpris dans un corridor en train d'en conter à une chambrière, petit événement drolatique qui avait amené sur ses lèvres un sourire moqueur.

Bien entendu, la femme de M. Klöteryahn aimait son mari. Elle suivait ses paroles et ses mouvements en souriant; non pas avec cette soumission qu'ont certains malades envers les êtres bien portants, mais bien avec cette joie aimable et cette assurance vitale qu'éprouvent les bien-portants.

M. Klöteryahn ne prolongea pas son séjour à Einfried. Il s'était contenté d'y amener sa femme et, la sachant bien gardée et confiée à de bonnes mains, il pouvait songer au retour.

Des devoirs d'égale importance, son florissant bébé et ses affaires tout aussi florissantes le rappelèrent dans son pays. Il se vit obligé de partir et abandonna sa femme aux bons soins d'Einfried.

***

Spinell, ainsi se nomme l'écrivain qui depuis plusieurs semaines vit à Einfried, Detlev Spinell est un singulier personnage.

C'est un homme aux cheveux châtains, d'une trentaine d'années, de taille imposante, et aux tempes grisonnantes. Son visage est rond, pâle et complètement glabre. Il n'a cependant jamais connu le feu du rasoir. On le devine à sa peau qui est restée douce, molle et poupine, recouverte çà et là d'un léger duvet. Étrange figure. Le regard de son œil fauve et brillant a toutefois quelque chose de doux; le nez est un peu trop court et trop épais. De plus, M. Spinell a la lèvre supérieure proéminente, ce qui lui donne un aspect tant soit peu romain.

Il a de grandes dents cariées et des pieds extraordinairement longs. Parmi les messieurs aux jambes récalcitrantes, l'un d'eux, un cynique doublé d'un mauvais plaisant, l'avait baptisé en secret du nom de « vieux nourrisson ». C'était malicieux, mais peu exact. M. Spinell s'habillait bien, quoique modestement, et portait la longue redingote et le gilet de couleur de l'époque. Il était insociable et ne se liait avec personne. Néanmoins, il lui arrivait d'être bienveillant, affectueux et débordant, chaque fois qu'il avait à exercer ses facultés esthétiques, soit devant un beau spectacle de la nature, soit devant une harmonie de couleurs, un vase de noble forme, ou quand les derniers rayons du soleil illuminaient les sommets. Alors un cri d'admiration lui échappait : « Que c'est beau ! » tandis qu'il inclinait la tête de côté, soulevait les épaules, écartait les mains et plissait son nez et ses lèvres : « Mon Dieu, regardez comme c'est beau ! » Et il était capable, dans ces moments-là, d'embrasser homme ou femme, sans distinction.

Quiconque entrait dans sa chambre voyait toujours sur sa table de travail le livre dont il était l'auteur : c'était un roman de moyenne grosseur. Sur la couverture figurait un dessin confus, imprimé sur papier-filtre et d'où s'érigeaient des caractères qui ressemblaient à des cathédrales gothiques.

Fräulein von Osterloh l'avait lu pendant un quart d'heure de désœuvrement et l'avait trouvé « raffiné » quant à la forme, et affreusement « ennuyeux » quant au fond.

L'action se déroulait dans des salons mondains, dans de voluptueux appartements de femmes, remplis d'objets d'art, de tapisseries des Gobelins, de meubles anciens, de porcelaines précieuses, d'étoffes sans prix et de décors artistiques de toute espèce. L'auteur s'attardait avec amour à décrire chaque objet, et l'on se figurait constamment M. Spinell plissant le nez et disant : « Que c'est beau ! »

Du reste, il n'était pas étonnant qu'il n'eût publié que ce livre. Il avait dû l'écrire avec passion.

Il passait la plus grande partie de la journée à griffonner dans sa chambre et expédiait au moins une ou deux lettres par jour, auxquelles, chose assez curieuse, il n'était répondu que très rarement.

***

M. Spinell était assis à table en face de la femme de M. Klöteryahn. La première fois qu'ils se rencontrèrent au repas, l'écrivain arriva un peu en retard dans la grande salle à manger, située dans une des ailes du rez-de-chaussée. Il répondit d'une voix douce aux saluts qui lui étaient adressés et gagna sa place, pendant que le docteur Leander le présentait sans grande cérémonie aux nouveaux venus. Il s'inclina, puis se mit à manger, visiblement gêné, tandis que ses grandes, blanches et belles mains, qui sortaient de manches très étroites, maniaient fourchette et couteau d'une manière quelque peu affectée.

Bientôt il se sentit à l'aise et considéra avec calme M. Klöteryahn et sa femme alternativement. Pendant le repas, M. Klöteryahn lui avait posé quelques questions et fait quelques remarques au sujet de l'établissement et du climat d'Einfried. Sa femme, avec son charme habituel, avait glissé deux ou trois mots, auxquels M. Spinell avait répondu poliment. Sa voix était douce et agréable, mais il avait une certaine façon embarrassée de s'exprimer, comme si ses dents eussent gêné sa langue.

Après le repas, on passa au salon de conversation, et le docteur Leander souhaita aux nouveaux hôtes un *Mahlzeit* chaleureux [1].

La femme de M. Klöteryahn s'informa de son voisin d'en face.

— Comment s'appelle ce monsieur? demanda-t-elle. Spinelli? Je n'ai pas bien entendu.

1. *Mahlzeit* est un mot de politesse que les Allemands échangent *après* un repas en commun et qui correspond au « Bon appétit » qu'on dit en France *avant* le repas.

— Spinell... non pas Spinelli, chère madame. Ce n'est pas un Italien; il est originaire de Lemberg pour autant que je sache!...

— Que disiez-vous? C'est un écrivain? Ou quoi encore? interrogea M. Klöteryahn.

M. Klöteryahn tenait les mains dans les poches de son confortable pantalon anglais, tendant l'oreille au docteur, et ouvrait la bouche pour écouter, selon l'habitude de certaines personnes.

— Oui... je ne sais pas... Il écrit..., répondit le docteur Leander. Il a, je crois, publié un livre, une sorte de roman... je ne sais vraiment pas...

Ce « je ne sais pas » répété signifiait clairement que l'auteur ne préoccupait guère le docteur Leander.

— Mais comme c'est intéressant! dit la femme de M. Klöteryahn qui n'avait jamais vu de près un écrivain.

— Oh! certainement, repartit le docteur Leander, il doit jouir d'une certaine réputation.

Il ne fut plus ensuite question de Spinell; mais, lorsque les nouveaux hôtes eurent regagné leur chambre et que le docteur Leander s'apprêta à quitter le salon de conversation, M. Spinell le retint pour se renseigner à son tour.

— Comment s'appelle ce couple? interrogea-t-il. Je n'ai naturellement pas entendu.

— Klöteryahn, répondit le docteur Leander en s'en allant.

— Comment?

— Klöteryahn! Et le docteur Leander poursuivit son chemin.

Décidément, il ne faisait pas grand cas de l'écrivain.

***

M. Klöteryahn a regagné son pays sur les bords de la Baltique, où le rappellent ses affaires et son enfant, insouciante petite créature qui déborde de vie et qui est l'auteur involontaire de la maladie de sa mère.

La jeune femme est restée à Einfried. Mme la conseillère Spatz, en sa qualité d'aînée, s'est liée d'amitié avec elle. Mais cela n'empêche pas Mme Klöteryahn de vivre en bonne camaraderie avec les hôtes de l'établissement. Ce qui est plus étonnant, c'est de voir M. Spinell, sauvage par nature, se montrer plein d'égards pour elle.

Volontiers elle causait avec lui pendant ses moments de loisir.

Il s'approchait d'elle, infiniment respectueux, et ne lui parlait qu'à voix basse. Mme la conseillère Spatz, qui souffrait des oreilles, ne le comprenait pas la plupart du temps.

Sur la pointe de ses longs pieds, il se dirigeait vers la chaise de Mme Klöteryahn. Elle souriait. Il s'arrêtait à deux pas d'elle, une jambe en arrière, le torse incliné, et parlait de sa façon embarrassée, d'une voix basse et pénétrante, prêt à se retirer s'il lisait sur son visage la moindre fatigue ou le plus petit ennui.

Elle ne semblait nullement contrariée et l'invitait à s'asseoir auprès d'elle et auprès de Mme la Conseillère. Elle lui posait alors une question quelconque et attendait qu'il lui répondît, souriante et un peu inquiète, car il montrait parfois une originalité déroutante, qu'elle n'avait jamais rencontrée jusque-là.

— En vérité, pourquoi êtes-vous à Einfried? demanda-t-elle. Quel traitement suivez-vous, monsieur Spinell?

— Quel traitement?... On m'électrise un peu. Cela ne vaut pas la peine d'en parler. Je vais vous dire, chère madame, pourquoi je suis à Einfried : c'est à cause du style de la maison.

— Ah! fit la femme de M. Klöteryahn, le menton appuyé sur la main, tout en se retournant avec l'empressement exagéré d'un enfant à qui l'on va raconter une histoire.

— Oui, chère madame, Einfried est de style Empire. Autrefois, c'était un château, une résidence d'été, d'après ce que j'ai entendu dire. Cette aile est de construction plus récente, mais la bâtisse principale est authentiquement ancienne.

« Il fut un moment où je ne pouvais pas supporter le style Empire; aujourd'hui, il est en quelque sorte devenu nécessaire à ma santé. Tenez : il est certain que, parmi des meubles mous, agréables et lascifs, nous ne serions pas les mêmes que parmi ces tables, chaises et draperies rectilignes.

« Cette atmosphère, cette solidité, cette froide et rude simplicité et cette force mystérieuse me donnent de la tenue, de la dignité, chère madame. A la longue, elle me purifie et me transforme; elle élève mon moral...

— C'est curieux, dit-elle. Je dois faire un petit effort pour comprendre.

Il trouva que cela n'en valait pas la peine, et ils se mirent à rire.

Mme la conseillère Spatz rit également, trouvant la chose extraordinaire, mais n'ajouta pas qu'elle avait compris.

Le salon de conversation était vaste et clair. La haute porte à deux battants s'ouvrait sur la salle de billard. On y voyait les messieurs aux jambes récalcitrantes se distraire avec d'autres messieurs. De l'autre côté, à travers la porte vitrée, on apercevait la terrasse et le jardin. Un piano était placé un peu plus loin. Autour d'une table à jeu, recouverte d'un tapis vert, le général diabétique faisait sa partie de whist avec ses partenaires. Des dames lisaient ou s'absorbaient dans des ouvrages manuels.

Un poêle en fonte répandait une bonne chaleur. Mais c'était devant la cheminée, où brillait un feu artificiel de charbons enveloppés de papier rouge, que l'on causait le plus volontiers.

— Vous êtes matinal, monsieur Spinell, dit

Mme Klöteryahn. Je vous ai vu, par hasard, sortir de la maison, deux ou trois fois, à sept heures et demie du matin.

— Matinal? Ah! cela dépend, chère madame. Si je me lève tôt, voyez-vous, c'est que je suis un grand dormeur.

— Expliquez-nous cela, monsieur Spinell.

Mme la Conseillère désirait aussi avoir une explication.

— Voici... Quelqu'un de matinal ne doit pas nécessairement se lever tôt. La conscience, chère madame... la conscience, voilà la plus vilaine chose. Elle nous fait perdre du temps, car nous tuons le temps à la tromper et à lui donner adroitement quelque petite satisfaction en partage. Nous sommes des créatures inutiles, moi et mes semblables et, hormis en quelques rares heures, nous avons la conscience de notre inutilité, blessés et malades que nous sommes. Mais l'utilité, nous la détestons, la sachant vulgaire et laide, et nous acceptons cette vérité comme on accepte les vérités qui nous sont indispensables. Et cependant nous sommes si rongés par notre mauvaise conscience que nous ne possédons plus en nous une partie saine. De plus, la façon dont nous vivons intérieurement, nos idées sur le monde et sur la vie, notre façon de travailler... exercent une influence terrible, malsaine, destructive et épuisante, ce qui envenime encore les choses. Il y a bien certains remèdes calmants, sans lesquels nous ne saurions vivre. Une certaine sagesse, une hygiène sévère, par exemple, sont nécessaires à plusieurs d'entre nous : se lever tôt, affreusement tôt, prendre un bain froid et se promener dans la neige. Cela nous donne une satisfaction d'une heure. A vous parler franchement, je resterais dans mon lit jusque dans l'après-midi, croyez-m'en. Si je me lève tôt, c'est pure hypocrisie.

— Non pas, monsieur Spinell. J'appelle cela savoir se dominer... N'est-ce pas, madame la Conseillère ?

Mme la Conseillère fut du même avis.

— Hypocrisie ou domination de soi-même, chère madame ! Nous avons le choix. Je suis si tourmenté d'être fait de la sorte que...

— C'est bien cela. Oui, vous vous tourmentez trop.

— Oui, chère madame, je me tourmente beaucoup.

***

Le beau temps se maintenait.

La région, les cimes, la maison et le jardin reposaient blancs, fermes et nets, au milieu de la calme gelée lumineuse, de la clarté éblouissante et des ombres bleuâtres. Un ciel bleu tendre, reflété sur des myriades de petits corps scintillants, recouvrait tout de sa voûte immaculée.

La femme de M. Klöteryahn ne se portait pas

trop mal. Elle n'avait plus de fièvre, ne toussait presque plus et mangeait sans trop de répugnance. Par ces temps de gelée, elle s'installait sur la terrasse ensoleillée pendant de longues heures, ainsi que cela lui avait été prescrit. Elle s'asseyait dans la neige, enveloppée de couvertures et de fourrures, et respirait, pleine d'espoir, l'air glacial nécessaire à ses bronches. Parfois elle apercevait M. Spinell, qui, vêtu chaudement comme elle, ses pieds immenses chaussés de bottines fourrées, se promenait dans le jardin. Il marchait d'un pas incertain dans la neige, et, avec une raideur prudente et non disgracieuse du bras, s'approchait de la terrasse et la saluait respectueusement.

— Aujourd'hui, au cours de ma promenade matinale, j'ai vu une jolie femme. Dieu qu'elle était belle! dit-il en penchant la tête de côté et en écartant les mains.

— Vraiment, monsieur Spinell? Dépeignez-la-moi.

— Je ne le puis; je vous donnerais d'elle une image imparfaite. En passant, je n'ai effleuré la dame que d'un regard. En réalité, je ne l'ai pas vue. Mais, l'ombre effacée que j'ai recueillie d'elle a suffi pour exciter ma fantaisie et pour me permettre d'emporter d'elle une belle image... Dieu qu'elle est belle!

Elle rit :

— Est-ce votre habitude de contempler les jolies femmes, monsieur Spinell?

— Oui, chère madame, mais à ma manière. Ma façon à moi n'est pas de regarder en face, grossièrement, avec une avidité vorace, pour emporter d'une femme une impression défectueuse, fondée sur la réalité des faits...

— Avidité vorace!... C'est un mot singulier! Un vrai mot d'écrivain, monsieur Spinell! Il m'impressionne vraiment. Dans ce que vous dites, je crois deviner une considération supérieure et respectable. Je comprends qu'en dehors de la réalité palpable existe quelque chose de plus doux...

— Je ne connais qu'un visage, dit-il brusquement, avec dans la voix un élan joyeux — et dans un sourire exalté, il montra ses dents cariées — je ne connais qu'un visage : il existe dans mon imagination et je commettrais un péché en en voulant corriger la réalité et ce visage, je voudrais le contempler, non pas des minutes ou des heures, mais toute ma vie, m'oublier devant lui et oublier la terre.

— Oui, oui, monsieur Spinell; mais songez que Fräulein von Osterloh a l'ouïe passablement fine.

Il se tut et s'inclina profondément. Quand il se redressa, il posa un regard trouble et douloureux sur l'étrange petite veine d'un bleu pâle et maladif qui se ramifiait sur le front pur, presque transparent, de Mme Klöteryahn.

*
* *

Un homme original vraiment! Étrangement original!

Mme Klöteryahn pensait parfois à lui, car elle avait beaucoup de temps à consacrer à la méditation.

Cependant, soit que le changement d'air ne lui fût pas favorable, soit qu'une cause quelconque précise, néfaste, portât atteinte à sa santé, son état empira. Ses bronches la firent souffrir; elle se sentit faible, fatiguée, sans appétit et souvent fiévreuse. Le docteur Leander lui recommanda un repos complet, la tranquillité et la prudence.

Lorsqu'elle n'était pas étendue, elle s'asseyait auprès de Mme la conseillère Spatz, silencieuse, un ouvrage de main posé sur ses genoux, auquel elle travaillait, suivant le cours de ses pensées. Décidément elle était préoccupée de cet étrange monsieur, et, chose plus curieuse encore, non pas tant de lui que de sa propre personne. Il éveillait en elle une certaine curiosité, un intérêt qu'elle n'avait pas connu jusqu'à ce jour.

Une fois, dans la conversation, il avait déclaré :

— La femme est une énigme. Si vieille que soit cette constatation, nous ne pouvons nous empêcher de nous y arrêter et de nous en étonner. La femme est une merveilleuse créature, un sylphe, une forme vaporeuse, le rêve d'une existence. Que fait-elle? Elle passe, se donne à un hercule de foire ou à un garçon boucher. Elle tombe dans ses bras, appuie sa tête sur son épaule et regarde malicieusement autour d'elle comme si elle voulait dire « oui, cassez-vous la tête devant ce phénomène », et nous nous la cassons.

Mme Klöteryahn redevenait soucieuse. Un jour, à l'étonnement de Mme la conseillère Spatz, se poursuivit le dialogue suivant :

— Puis-je vous demander, chère madame (c'est assez indiscret de ma part), comment vous vous appelez de votre vrai nom?

— Mais je m'appelle Mme Klöteryahn, monsieur Spinell!

— Hum! je le sais. Ou mieux encore, je le déplore. Je veux parler de votre nom à vous, votre nom de jeune fille. Vous serez juste et reconnaîtrez avec moi, chère madame, que celui qui vous a donné le nom de Mme Klöteryahn mérite le fouet.

Elle rit de si bon cœur que la petite veine bleue, au-dessus du sourcil, apparut nettement, et que son délicat et doux visage prit une expression fatiguée et tourmentée, de façon inquiétante.

— Non pas, monsieur Spinell! Le fouet? Klöteryahn vous paraît-il si affreux?

— Oui, chère madame, je déteste ce nom du fond du cœur depuis que je vous ai aperçue pour la première fois. Il est grotesque et désespérément laid. C'est de la barbarie et une infamie, cette obligation de vous faire porter le nom de votre mari.

— Trouvez-vous celui d'Eckhof plus beau? C'est le nom de mon père.

— Ah! voyez-vous! Eckhof c'est autre chose! C'est même le nom d'un grand comédien. Eckhof sonne mieux. Mais vous ne parlez que de votre père, madame; votre mère serait-elle...?

— Oui, ma mère mourut quand j'étais toute jeune encore.

— Ah! Puis-je vous prier de me parler de vous plus longuement? Si cela doit vous fatiguer, n'en faites rien. Vous vous reposerez et je continuerai à vous entretenir de Paris, comme je l'ai fait récemment. Parlez à voix basse. Quand vous murmurez, les choses deviennent plus belles... Vous naquîtes à Brême?

Il posa cette question d'une voix presque éteinte, pleine de respect et d'importance, comme si Brême eût été une ville sans pareille, une ville d'aventures indicibles, une ville aux secrètes beautés, dotant celui qui y naissait d'une mystérieuse noblesse.

— Oui, figurez-vous! dit-elle involontairement, je suis de Brême.

— J'y suis allé jadis, observa-t-il d'un air pensif.

— Mon Dieu, vous avez été là-bas? Décidément, monsieur Spinell, vous avez tout vu, je crois, entre Tunis et le Spitzberg.

— J'y suis allé autrefois, répéta-t-il; j'y ai passé

quelques heures brèves du soir. Je me souviens d'une petite rue ancienne, sur les toits de laquelle la lune oblique et bizarre s'était posée. Je me trouvais alors dans une cave qui sentait le vin et le moisi. J'en conserve un souvenir impérissable.

— Vraiment? En quel endroit était-ce? C'est dans une maison toute semblable, grise et à pignon, une vieille maison de commerce aux dalles sonores et dont la galerie était *peinte en laqué blanc*, que je suis née.

— Monsieur votre père était-il également un commerçant? demanda-t-il, avec une certaine hésitation.

— Oui, mais c'était surtout un artiste.

— Ah! ah! Comment?

— Il jouait du violon... Cela ne signifie pas grand-chose. Mais la façon dont il en jouait, monsieur Spinell, voilà ce qui compte! Je ne pouvais entendre certains sons que des larmes brûlantes me vinssent aux yeux. Je n'avais jamais éprouvé cela. Vous ne me croyez pas?...

— Je vous crois! Ah! si je vous crois!... Dites-moi, chère madame, êtes-vous d'une vieille famille? Dans votre maison, plusieurs générations ont-elles vécu, travaillé et rendu l'âme?

— Oui. Pourquoi me demandez-vous cela?

— Parce qu'il n'y a rien d'extraordinaire à ce qu'une race aux traditions bourgeoises et sévères, devienne artiste vers sa fin.

— Est-ce vrai? Quant à mon père, il était plus

artiste que bien d'autres qui s'intitulent de ce nom et qui se nourrissent de gloire. Pour moi, je joue un peu de piano. Mais, à présent, il m'est défendu d'en jouer. Autrefois, à la maison, je touchais de cet instrument. Mon père et moi, nous jouions ensemble... Je conserve de tout ce passé un cher souvenir, du jardin surtout qui était situé derrière la maison. Il était déplorablement sauvage et touffu. Les murs s'effritaient, tapissés de mousse, mais c'était ce qui en faisait le charme. Au milieu s'élevait un jet d'eau, encadré d'une épaisse couronne d'iris. En été, c'est là que je passais de longues heures avec mes amies. Nous étions assises autour du jet d'eau, sur des chaises pliantes...

— Que c'est beau! s'exclama M. Spinell en soulevant les épaules. Vous étiez assises et vous chantiez!

— Oui, nous faisions du crochet le plus souvent.

— Continuez... Continuez...

— Nous faisions du crochet et nous bavardions, mes amies et moi...

— Que c'est beau! Dieu que c'est beau! s'écria M. Spinell, le visage bouleversé.

— Que trouvez-vous de si beau à cela, monsieur Spinell?

— Oh! c'est qu'en dehors de vous, il y avait six jeunes filles. Vous n'étiez pas comprise dans ce nombre, mais vous vous avanciez, pareille à une reine... Vos amies vous avaient élue. Une petite couronne dorée, toute invisible, significative, était posée sur vos cheveux; elle brillait...

— C'est fou ce que vous dites là. Il n'y avait pas de couronne...

— Si, elle brillait secrètement. Je l'aurais aperçue distinctement dans vos cheveux, à ce moment-là, si j'avais pu me cacher dans les buissons.

— Dieu sait ce que vous auriez vu! Mais vous n'étiez pas là. Un jour, ce fut mon mari qui sortit des buissons, accompagné de mon père. Je craignais qu'ils nous eussent entendues...

— C'est là-bas que vous avez fait la connaissance de monsieur votre mari, chère madame?

— Oui, je l'ai rencontré là-bas! dit-elle d'une voix haute et heureuse; et tandis qu'elle souriait, la petite veine bleu pâle apparaissait molle et singulière au-dessus du sourcil.

Elle continua :

— Il avait fait une visite à mon père dans sa maison de commerce. Le lendemain, il fut invité à dîner; trois jours après, il me demandait en mariage.

— Vraiment, tout cela marcha bien vite!

— Oui... mais après, les choses allèrent plus doucement. Je dois vous avouer que mon père n'était pas partisan de ce mariage. Il prit un long temps pour réfléchir et pour poser ses conditions. Premièrement, il préférait me garder auprès de lui, et puis il avait des scrupules.

— Mais?...

— Mais je voulais que ce mariage se fît, dit-elle en souriant, et de nouveau la petite veine bleu pâle donna à son charmant visage une expression tourmentée et maladive.

— Ah! vous vouliez ce mariage?

— Oui, et j'ai montré, comme vous voyez, une volonté ferme et respectueuse...

— Comme je le vois, en effet.

— ... Si bien que mon père s'inclina devant ma volonté.

— Ainsi vous l'avez abandonné, lui et son violon; vous avez abandonné la vieille maison, le jardin touffu, le jet d'eau et vos amies pour suivre M. Klöteryahn!

— Pour suivre... Vous avez une façon de vous exprimer, monsieur Spinell, quasi biblique!... Oui, j'abandonnai tout cela; c'est ainsi que le veut la nature.

— Oui, c'est ainsi que la nature le veut.

— Il s'agissait aussi de mon bonheur.

— Certainement. Et le bonheur... vint?

— Il vint, monsieur Spinell, à l'heure où l'on m'apporta le petit Antoine, notre petit Antoine, qui de tous ses petits poumons solides se mit à crier comme un enfant robuste et bien portant.

— Ce n'est pas la première fois que je vous entends parler de la santé de votre petit Antoine, chère madame. Sa santé doit être extraordinaire.

— C'est vrai; il ressemble à mon mari d'une manière frappante!

— Ah! voilà donc comment les choses se sont passées. Et vous avez quitté votre nom d'Eckhof pour en prendre un autre. Vous avez un petit Antoine bien portant, et vous souffrez légèrement des bronches.

— Et voilà! mais vous êtes bien, monsieur Spinell, l'homme le plus énigmatique que je connaisse.

— Oui, que Dieu me confonde si vous ne l'êtes pas! ajouta Mme la conseillère Spatz qui se trouvait là.

***

Le souvenir de cette conversation poursuivait Mme Klöteryahn. Elle lui revenait sans cesse à la pensée. Subissait-elle son influence néfaste? Sa faiblesse redoublait; elle eut des accès de fièvre. Elle vivait dans une sorte de douce ivresse, apaisée, pensive et pourtant légèrement offensée.

Quand elle ne gardait pas le lit, elle voyait M. Spinell s'approcher d'elle avec précaution, sur la pointe de ses longs pieds. Il s'arrêtait à deux pas de distance, une jambe en arrière, le corps incliné, et lui parlait d'une voix basse et respectueuse, laissant entendre qu'il voulait la transporter dans des régions éthérées, doucement, pieusement, pour l'y déposer sur des coussins de nuages où aucun bruit ni contact humains n'auraient pu l'atteindre... Alors elle se rappelait les mots que M. Klöteryahn avait coutume de répéter : « Attention, Gabrielle, *take care*, ne parle pas ! »

Ces mots agissaient sur elle comme si son mari lui eût amicalement frappé sur l'épaule. Mais vite elle écartait ce souvenir pour se reposer, défaillante, sur les coussins de nuages de M. Spinell.

Brusquement, un jour, elle reprit la conversation qu'elle avait eue avec lui, au début, sur sa jeunesse.

— C'est donc vrai, demanda-t-elle, vous auriez aperçu la couronne, monsieur Spinell ?

Quoique cette causerie remontât à quinze jours, il avait aussitôt compris. Avec des paroles pleines de sentiment, il lui assura qu'il aurait vu la petite couronne qui brillait mystérieusement dans ses cheveux, tandis qu'elle était assise auprès du jet d'eau, entourée de ses six amies.

A quelques jours de là, un des hôtes de la maison, par politesse, s'enquit auprès d'elle de la santé du petit Antoine. Elle lança un rapide regard à M. Spinell, qui se trouvait là, et répondit, légèrement ennuyée :

— Merci. Comment voulez-vous qu'il se porte ? Lui et mon mari vont bien !...

2.

LE « MOTIF DU DÉSIR »

Fin février, par un temps de gelée limpide et resplendissante, la joie régnait dans Einfried. Les cardiaques discutaient entre eux, les joues empourprées; le général diabétique fredonnait, tel un jeune homme, et les messieurs aux jambes récalcitrantes s'agitaient. Que se passait-il? On avait projeté rien de moins qu'une sortie générale, une partie de traîneaux au bruit des grelots et des fouets, à travers la montagne. Le docteur Leander avait organisé cette excursion pour distraire ses malades.

Les grands malades ne pouvaient naturellement quitter la maison. Les pauvres grands malades! On se faisait signe de la tête, et l'on se concertait pour ne pas ébruiter la chose. Chacun tenait à se montrer compatissant.

Quelques personnes, qui auraient pu s'offrir ce plaisir, décidèrent de rester. Quant à Fräulein von

Osterloh, elle s'excusa sans façon. Chargée comme elle l'était de multiples devoirs, elle ne pouvait songer un instant à une partie de traîneaux. Le ménage exigeait impérieusement sa présence. Bref, elle resta à Einfried; mais, quand la femme de M. Klöteryahn exprima l'intention de ne pas suivre la bande, chacun fut contrarié.

C'est en vain que le docteur Leander lui conseilla cette promenade en plein air, qui devait lui faire du bien. Elle prétendit être mal en train, fatiguée, avoir la migraine, et l'on acquiesça à son désir. Le mauvais plaisant cynique trouva bon de faire cette remarque : « Prenez garde, le « nourrisson vieillot » ne partira pas non plus. » Il n'eut pas tort; M. Spinell fit en effet savoir qu'il se proposait de travailler l'après-midi. Il employait volontiers le mot « travailler », quoique son activité fût très douteuse.

Personne ne déplora son absence; d'ailleurs, Mme la conseillère Spatz tiendrait compagnie à sa jeune amie. Le traîneau lui donnait, disait-elle, le mal de mer.

Après le déjeuner, servi ce jour-là vers midi, on vit les traîneaux qui stationnaient devant Einfried. Les hôtes, en groupes animés, chaudement couverts, curieux et remuants, circulaient dans le jardin. Mme Klöteryahn se tenait avec Mme la Conseillère devant la porte vitrée qui donnait sur la terrasse. De sa chambre, M. Spinell observait le départ. Au milieu des plaisanteries et des rires, ils assistèrent à l'assaut des meilleures places. Ils virent Fräulein von Osterloh, un boa autour du cou, distribuer à chaque attelage des paniers à provisions, que l'on glissait sous les sièges.

Le docteur Leander, son bonnet de fourrure enfoncé jusqu'au front, ses verres de lunettes étincelants, jetait le dernier coup d'œil, prenait place lui-même et donnait le signal du départ... Les chevaux partirent; quelques dames furent secouées et poussèrent de petits cris; les grelots tintèrent, les fouets au manche court claquèrent et tracèrent dans la neige de longs lacets. Derrière la grille, Fräulein von Osterloh agita son mouchoir jusqu'à ce que les voyageurs eussent disparu au tournant de la route. Puis les bruits se perdirent au loin.

Elle rentra alors par le jardin, pour s'occuper de ses devoirs de ménagère. Les deux dames abandonnèrent la porte vitrée, tandis qu'au même moment M. Spinell quittait son poste d'observation.

Le calme régna de nouveau dans Einfried. Le retour de l'expédition n'était attendu que dans la soirée. Les « grands malades » gardaient la chambre et souffraient. Mme Klöteryahn et son amie plus âgée firent une courte promenade, pour regagner ensuite leur chambre. M. Spinell n'avait pas quitté la sienne et employait son temps à sa façon. Vers quatre heures, chacune de ces dames reçut un demi-litre de lait, tandis qu'un thé léger fut porté à M. Spinell. Peu de temps après, Mme Klöteryahn frappa au mur qui séparait sa chambre de celle de Mme la conseillère Spatz et dit :

— Ne voulez-vous pas descendre dans le salon de conversation, madame la Conseillère? Je ne sais à quoi passer mon temps!

— Tout de suite, ma chère! répondit sa voisine. J'enfile mes pantoufles, si vous le permettez. J'étais étendue sur mon lit.

Comme l'on pouvait s'y attendre, le salon de conversation était vide. Les deux dames s'assirent près de la cheminée. Mme la Conseillère brodait des fleurs sur un bout de canevas. Mme Klöteryahn fit également quelques points, mais elle laissa retomber son ouvrage sur ses genoux, pour mieux rêver dans les bras de son fauteuil. Elle finit par faire une remarque qui ne valait pas la peine de rompre le silence, mais comme Mme la conseillère Spatz ne cessait de répéter : « Quoi? » elle dut se résigner à reprendre toute sa phrase. Mme la conseillère Spatz redemanda encore : « Quoi? »

A ce moment, on entendit des pas dans la chambre de devant, la porte s'ouvrit et M. Spinell entra.

— Je vous dérange? demanda-t-il sur le seuil de la porte, de sa voix douce, en ne regardant que l'épouse de M. Klöteryahn et en s'inclinant à sa façon...

Celle-ci répondit :

— Quelle idée! Cette pièce n'est-elle pas commune, monsieur Spinell? Et puis, en quoi pouvez-vous nous déranger? Je crois bien que je suis en train d'ennuyer Mme la Conseillère...

Il ne sut que répondre, sourit et découvrit ses dents cariées, tout en se dirigeant d'un pas gêné, sous le regard de ces dames, jusqu'à la porte vitrée. Il demeura là, regardant au-dehors, le dos tourné sans façon. En faisant un demi-tour en arrière, il continua de regarder le jardin, tandis qu'il disait :

— Le soleil s'est retiré et le ciel s'est couvert sans qu'on s'en soit aperçu. Il fait déjà sombre.

— C'est vrai, tout est plongé dans l'ombre, répondit Mme Klöteryahn. Nos excursionnistes recevront encore de la neige, je crois. Hier, à cette heure, il faisait plein jour. Et voilà que la nuit approche.

— Ah! fit-il, après cette semaine de clarté, l'obscurité repose les yeux. Précisément, je suis reconnaissant au soleil, qui, avec la même netteté importune, éclaire les choses belles et vulgaires, de se couvrir un peu.

— N'aimez-vous pas le soleil, monsieur Spinell?

— N'étant pas peintre...

Il n'acheva pas sa phrase et reprit un instant après :

— Cet épais nuage d'un blanc gris annonce peut-être le dégel pour demain. Au surplus, je ne vous conseille pas de continuer votre ouvrage, chère madame.

— Soyez tranquille, je n'y pense guère. Mais qu'allons-nous faire?

Il s'était assis en face du piano, sur le tabouret tournant, un bras appuyé sur la partie supérieure de l'instrument.

— De la musique!... dit-il. On voudrait parfois entendre un peu de musique! Ici, les enfants anglais chantent quelquefois des *niggers songs*, mais c'est tout.

— Hier après-midi, Fräulein von Osterloh a joué à toute vitesse les *Cloches du Monastère*, remarqua la femme de M. Klöteryahn.

— Mais vous jouez du piano, chère madame, dit-il en insistant et en se levant... Vous faisiez autrefois de la musique, chaque jour, avec votre père.

— Oui, monsieur Spinell... Autrefois! Aux temps du jet d'eau, vous savez...

— Faites-en aujourd'hui! supplia-t-il; faites-nous entendre quelques mesures. Si vous saviez...

— Le médecin de la maison, ainsi que le docteur Leander, me l'ont expressément défendu, monsieur Spinell.

— Ils ne sont pas là ni l'un ni l'autre! Nous sommes libres... Vous êtes libre, chère madame! Quelques accords inoffensifs!...

— Non, monsieur Spinell, impossible!... Qui sait quels prodiges vous attendez de moi? Et j'ai tout oublié, croyez-moi. Je ne sais à peu près rien de mémoire.

— Oh! jouez donc alors cet à peu près rien. D'ailleurs, voici des morceaux disposés sur le piano. Non, ceci n'est rien; mais voici du Chopin...

— Chopin!

— Oui, les *Nocturnes*. Il ne me reste plus qu'à allumer les bougies...

— Ne me demandez pas de jouer, monsieur Spinell! Cela m'est défendu. Si cela devait me faire du mal?

Il se tut. Sur ses grands pieds, en longue redingote noire, les cheveux grisonnants, glabre, il se tenait debout dans la clarté des bougies, les mains pendantes.

— A présent, je ne supplierai plus, finit-il par dire à voix basse. Si vous craignez que cela vous fasse du mal, chère madame, laissez la beauté morte et muette qui sous vos doigts pourtant eût chanté pathétiquement. Cependant, vous n'avez pas toujours été aussi raisonnable, bien au contraire. Vous n'avez pas eu ce souci de votre corps; vous avez montré une volonté tenace quand vous abandonnâtes la fontaine et déposâtes la couronne d'or...

« Écoutez, dit-il après une pause, et sa voix baissa davantage. Si vous vous asseyiez ici et jouiez, comme autrefois, quand votre père était à vos côtés, avec son violon qui chantait à vous faire pleurer... peut-être que l'on verrait encore briller dans vos cheveux la petite couronne d'or...?

— Vraiment? interrogea-t-elle en souriant, et en même temps sa voix faiblit; le mot mourut sur ses lèvres.

Elle toussota, puis demanda :

— Sont-ce les *Nocturnes* de Chopin que vous avez là ?

— Oui. Le cahier est ouvert et tout est prêt.

— Eh bien! je vous en jouerai un pour l'amour de Dieu, dit-elle. Mais un seul, entendez-vous ? D'ailleurs, vous en aurez vite assez.

Elle se leva, rangea son ouvrage et alla vers le piano. Elle s'assit sur le tabouret, sur lequel étaient posés quelques cahiers de musique reliés, disposa les candélabres et feuilleta le cahier. M. Spinell avança sa chaise à côté d'elle comme un professeur.

Elle joua le *Nocturne en mi bémol majeur opus. 9*, nº 2. Si vraiment elle avait quelque peu désappris, elle avait dû posséder une admirable technique. Le piano était médiocre. Mais, dès les premiers sons, elle usa de l'instrument avec un goût très sûr. Elle faisait valoir les nuances avec art. Son toucher était à la fois ferme et doux. Sous ses doigts, la mélodie chantait avec sa suprême suavité.

Elle portait la robe qu'elle avait mise le jour de son arrivée. Son lourd corsage froncé orné d'arabesques de velours accentuait la finesse divine de la tête et des mains. Pendant qu'elle jouait, l'expression de son visage ne changeait pas, mais le contour des lèvres devint plus apparent, tandis que l'ombre creusait ses yeux.

Lorsqu'elle eut fini de jouer, elle posa les mains sur ses genoux et continua de regarder le cahier qu'elle avait devant elle. M. Spinell était resté assis, muet et immobile.

Elle joua encore un *Nocturne*, puis un deuxième, puis un troisième. A la fin, elle se leva, mais pour chercher, sur le dessus du piano, d'autres cahiers. A ce moment, M. Spinell eut l'idée d'examiner les deux cahiers recouverts de carton noir qui se trouvaient sur le tabouret. Soudain, un son indistinct s'échappa de sa poitrine, tandis que ses grandes et belles mains palpaient l'une des partitions abandonnées :

— Ce n'est pas possible!... Ce n'est pas vrai!... s'écriait-il... Et cependant, me tromperais-je?... Savez-vous ce que c'est?... Savez-vous ce qui se trouve ici?... Ce que je tiens dans mes mains?...

— Quoi donc? fit-elle.

Il lui montra le titre, sans prononcer un mot. Il était blême; il fit choir la partition et regarda la jeune femme, les lèvres tremblantes et murmura :

— Vraiment? Comment se fait-il?...

— Eh bien! passez-le-moi, dit-elle simplement. Elle plaça la partition sur le pupitre, s'assit et, après un moment de silence, joua la première page.

M. Spinell était assis à côté d'elle, le corps penché en avant, les mains entre les genoux pliés, la tête baissée. Elle joua le prélude avec une infinie et obsédante lenteur, entrecoupant les traits de très longues pauses.

Mais voici que le motif du Désir, voix solitaire et

errante, dans la nuit élève alors sa plainte. Le silence, puis l'attente. On lui répond : c'est la même voix hésitante, mais plus claire et plus douce. Un nouveau silence.

Ici, l'admirable *sforzato* en sourdine qui dévoile les délicieuses exigences de la passion. Le motif d'amour s'élève alors, pâmé d'extase, jusqu'au tendre enlacement, s'évanouit doucement, tandis que, avec leurs chants graves d'un enivrement douloureux, les violoncelles font leur entrée et dirigent la mélodie.

L'exécutante s'efforçait, non sans succès, d'exprimer toutes les nuances de l'orchestre sur l'instrument pitoyable. On reconnaissait les violons qui, dans leur lent *crescendo*, chantent avec une précision éclatante. Elle jouait avec la piété d'un prêtre au moment de l'élévation, humble et prosternée. Voici que le mystère s'accomplit...

Deux forces, deux êtres ravis en extase cherchent à se rapprocher dans la souffrance et dans la fidélité. Ils s'enlacent avec le désir frénétique de l'éternité et de l'infini.

Le prélude jeta ses dernières étincelles, puis s'éteignit. Elle cessa de jouer au moment où, sur la scène, le rideau s'écarte, et continua de regarder la partition sans une parole.

Entre-temps, Mme la conseillère Spatz avait atteint le degré d'ennui où la face se décompose, où les yeux sortent de leur orbite et qui donne une expression cadavérique et terrifiante.

De plus, ce genre de musique agissait sur les nerfs de son estomac. Elle craignait les effets de sa dyspepsie et les crampes stomacales.

— Je me vois obligée de regagner ma chambre, dit-elle faiblement. Adieu, je pars.

Et elle s'en alla. Le crépuscule, depuis longtemps, était descendu.

Au-dehors, la neige tombait serrée et sans bruit sur la terrasse. Les deux bougies répandaient une clarté vacillante et faible.

— Le second acte, murmura M. Spinell.

Elle tourna les pages et se remit à jouer.

Le son du cor s'est déjà éteint dans le lointain. Mais qu'est ceci ? Est-ce le bruissement du feuillage, le suave murmure de la source ? Déjà la nuit a versé son silence sur les bois et les maisons. Nulle supplication ne parvient plus à réprimer l'impétueux Désir. C'est l'heure sacrée. Les lumières se sont éteintes. Soudain, le motif de la Mort, dans une étrange tonalité en sourdine, s'apaisa, pour laisser planer le désir impatient des amants. On eût dit des voiles blancs qui flottaient dans la nuit où déjà s'approche la mort, les bras grands ouverts.

O joie infinie et insatiable de l'amour dans l'éternel au-delà ! Délivrance des torturantes erreurs et des entraves de l'espace et du temps ! *Tu* et *je* ne forment plus qu'un ; le tien, le mien sont un sublime délice. Le philtre, par sa vertu magique, a sanctifié le regard des amants. L'illusion perfide du jour pouvait encore les désunir par son glorieux mensonge; mais celui qui a aimé la nuit de la mort, qui a entrevu son doux mystère, conserve au milieu des mirages de la lumière un unique regret, celui de la nuit sacrée, éternelle, véritable, celle qui délivre à jamais...

O descends, nuit d'amour, donne-leur l'oubli de la vie tant souhaité; abîme-les dans l'extase et délivre-les du monde, spectre décevant! Voyez, les dernières lueurs ont disparu! La pensée, la conscience se dissout dans le divin crépuscule qui s'étend sur le monde et sur les tourments de l'illusion. Tout pâlit, tout s'éteint au fond de mes yeux ravis. J'étais le prisonnier des mensonges du jour. Ah! combien ils ont trompé mon désir et quel supplice inapaisé ce fut! A présent, merveilleux délire!

« C'est moi-même qui suis le monde! »

Et alors retentit le sombre cri de Brangaine : « Attention! » suivi d'un chant inouï de violons.

— Je ne comprends pas tout, monsieur Spinell, mais je devine en grande partie. Que signifie : « C'est moi-même qui suis le monde? »

Il le lui expliqua d'une voix basse et brièvement.

— Oui, c'est cela. Mais comment se fait-il que vous, qui comprenez si bien, ne jouiez pas?

Chose curieuse, cette question innocente le troubla. Il rougit, se tordit les mains et s'affaissa pour ainsi dire sur sa chaise.

— Les deux choses coïncident rarement, dit-il

enfin douloureusement. Non, je ne joue pas. Mais continuez.

Et elle continua de faire entendre les chants enivrés du drame.

L'amour peut-il jamais mourir? L'amour de Tristant pour Iseult, l'amour d'Iseult pour Tristan? La mort n'atteint pas ce qui est éternel. Qu'est-ce qui peut subir la mort, sinon ce qui nous trouble et nous sépare? Tristan « et » Iseult. Cet « et » est leur lien d'amour... Si cette syllabe « et » était anéantie, la mort de Tristan ne serait-elle pas la mort même d'Iseult?

Dans un duo mystérieux, ils s'unissent avec le frénétique espoir de la mort et de l'amour, de l'union sans fin, éternelle, dans la nuit sans limite. Douce nuit! Éternelle nuit d'amour! Pays du bonheur suprême!

Celui qui te regarde ou te devine peut-il voir sans terreur approcher le réveil? Dompte la peur, aimable mort! Donne aux impatients l'infini repos! O mystérieuse signification du rythme chromatique qui rejoint la science métaphysique!

Comment la comprendre? Comment se refuser ces délices, loin du soleil, loin du jour et des navrantes désillusions qu'il amène? Une douce aspiration sans ombres décevantes, de suaves désirs sans angoisses, un trépas auguste sans soupir, un évanouissement sans langueur, l'ivresse d'un long rêve dans des espaces sans limites. Moi, Iseult! toi, Tristan! je ne suis plus Tristan et tu n'es plus Iseult!...

Alors, brusquement, se passa quelque chose d'effrayant. L'exécutante interrompit son jeu, porta la main à ses yeux et scruta l'obscurité. M. Spinell, autour de sa chaise, marchait fiévreusement. La porte du fond qui donnait accès au corridor venait de s'ouvrir, et une ombre grise soutenue par une autre ombre apparut dans la chambre. C'était la femme du pasteur Höhlenrauch, celle qui avait mis dix-neuf enfants au monde et qui avait perdu l'esprit. Vu son état de santé, elle n'avait pu assister à la partie de traîneaux et elle avait profité de l'heure du soir pour faire sa ronde habituelle à travers l'établissement. Elle avançait au bras de son infirmière sans lever les yeux. Elle parcourut ainsi le fond du salon en tâtonnant et disparut par la porte opposée, muette, l'œil hagard.

Le silence planait.

— J'ai reconnu la femme du pasteur Höhlenrauch, dit M. Spinell.

— Oui, cette pauvre Mme Höhlenrauch.

Puis elle tourna les pages et acheva la partition, la mort d'amour d'Iseult.

Combien ses lèvres étaient décolorées et combien l'ombre creusait ses yeux ! Au-dessus des sourcils sur son front diaphane, la petite veine d'un bleu pâle apparaissait plus molle. Ses doigts agiles exécutaient la sublime délivrance, le suprême anéantissement. Un instant le motif du désir inassouvi reparut, s'exalta, se fondit dans une harmonie profonde, s'éteignit, se perdit. Puis ce fut le silence.

Tous deux, la tête inclinée sur le côté, écoutaient dans le lointain.

— Voici les grelots, dit Mme Klöteryahn.

— Voici les traîneaux, dit-il, je m'en vais.

Il se leva et traversa la chambre. Ayant atteint la porte, il s'arrêta, marcha doucement, jetant partout un regard inquiet. Au bout de quinze à vingt pas, ses genoux fléchirent, et il s'agenouilla, sans voix. Sa longue redingote noire s'étalait sur le sol. Il porta ses poings fermés à sa bouche; ses épaules tressaillirent.

Elle restait assise, les mains sur ses genoux, la tête en avant, le dos tourné au piano tout en le regardant. Un sourire énigmatique tourmentait son visage, ses yeux épiaient, pensifs, et si las dans la demi-obscurité.

Le bruit des grelots et des fouets retentit au loin, se rapprocha; bientôt on entendit des voix humaines confuses.

***

La partie de traîneaux, dont on s'entretint longtemps encore, avait eu lieu le 26 février. Le 27, ce fut un jour de dégel. Tout fondit, dégoutta, ruissela, et la femme de M. Klöteryahn se portait à merveille.

Au 28, elle fut prise d'un léger crachement de sang... bien léger et cependant... Elle se sentit extrêmement faible, plus qu'elle n'avait jamais été jusque-là, et s'alita. Le docteur Leander vint l'examiner; son visage prit une expression grave. Il prescrivit ce que la science ordonne en pareil cas : de la glace par petits morceaux, de la morphine et le repos le plus absolu. Trop occupé par ailleurs, il renonça les jours suivants à la traiter et la confia au soin du docteur Müller, qui se chargea d'elle avec la plus grande bonté. C'était un homme tranquille, au visage pâle, insignifiant et mélancolique, dont l'activité modeste et obscure était consacrée aux cas anodins comme aux cas désespérés.

Son avis, qu'il ne cachait pas, était que le ménage Klöteryahn était séparé depuis bien longtemps, et qu'il était désirable que Mme Klöteryahn revît M. Klöteryahn à Einfried, si ses affaires florissantes le lui permettaient. On pourrait lui écrire, lui envoyer peut-être un télégramme... Et si l'on amenait le jeune Antoine, si bien portant — sans compter l'intérêt qu'y prendraient les médecins — la jeune mère serait heureuse et réconfortée.

C'est ainsi que M. Klöteryahn fit un beau jour son apparition. Il avait reçu le télégramme du docteur Müller et arrivait des bords de la Baltique. Il descendit de voiture, réclama du café et des petits pains, et parut déconcerté.

— Monsieur, dit-il, qu'y a-t-il ? Pourquoi me rappelle-t-on auprès d'elle ?

— Parce que la chose nous a semblé désirable,

répondit le docteur Müller; il est bon que vous soyez auprès de votre femme.

— Désirable... désirable... Mais nécessaire aussi? Je regarde à l'argent, monsieur; les temps sont durs et les voyages chers. Ne pouvait-on pas me dispenser de faire ce voyage? S'il s'était agi des poumons, par exemple, je ne dis pas; mais, grâce à Dieu, ce n'est que le larynx.

— Monsieur Klöteryahn, dit le docteur Müller doucement, le larynx est, premièrement, un organe important...

Il se contenta d'un « premièrement » qui ne fut pas suivi d'un « secondement ».

Une personne richement enveloppée d'une étoffe écossaise rouge et or venait de faire en même temps que M. Klöteryahn son entrée dans Einfried. Dans ses bras elle portait le jeune Antoine Klöteryahn, le petit enfant bien portant. Personne en effet n'aurait pu contester que le bébé ne jouît d'une santé merveilleuse. Rose et blanc, habillé de frais et avec coquetterie, il était gros et fleurait bon. Il pesait de tout son poids sur les bras nus et rouges de sa bonne, bien repu de lait, criant et s'abandonnant à tous ses instincts.

De la fenêtre de sa chambre, l'écrivain Spinell avait observé l'arrivée du jeune Klöteryahn. Il avait fixé sur l'enfant un regard singulier et voilé, et cependant perçant, tandis qu'on le transportait de la voiture à la maison. Longtemps après, demeuré à la même place, son visage conservait la même expression.

A partir de ce moment, il évita autant que possible de rencontrer le jeune Antoine Klöteryahn. M. Spinell se renfermait dans sa chambre et « travaillait ».

C'était une chambre démodée, simple et distinguée, comme tout le reste d'Einfried.

La commode massive était ornée de têtes de lions en métal. Le trumeau ne formait pas une glace unie, mais était composé de nombreux carrés réunis par des lamelles de plomb. Aucun tapis ne recouvrait le carrelage d'un bleu verni, sur lequel les pieds raides des meubles se prolongeaient en reflets clairs.

La vaste table de travail était placée auprès de la fenêtre. M. Spinell avait refermé les rideaux jaunes pour donner plus d'intimité.

Dans ce crépuscule doré, il écrivait, penché sur son secrétaire, toutes ces nombreuses lettres qu'il expédiait chaque semaine et qui restaient généralement sans réponse.

Une feuille large et épaisse se trouvait devant lui, qui portait dans un angle un paysage gauchement dessiné sous lequel on pouvait lire le nom de Detlev Spinell, en caractères art nouveau.

Il la remplissait d'une écriture soignée :

« Monsieur, lisait-on, si je vous adresse les lignes suivantes, c'est que je ne puis faire autrement. Car ce que j'ai à vous dire me déborde, me tourmente et me fait trembler; les mots qui se précipitent en torrents et avec une telle impétuosité m'étoufferaient si je ne pouvais me décharger par ce moyen... »

A dire vrai, l'expression : torrents, n'était pas juste, car Dieu sait ce que M. Spinell entendait par là! Les mots ne semblaient pas se précipiter en torrents chez celui dont le métier ordinaire consistait à écrire. Bien au contraire, il avait de la peine à s'exprimer. Celui qui l'aurait vu aurait pu constater qu'un écrivain est un homme qui écrit difficilement, comme tout le monde. Deux doigts effilés attrapèrent un poil singulier qu'il avait sur la joue et qu'il tortilla pendant un quart d'heure. Pendant ce temps, ses yeux scrutaient le vide sans qu'il pût avancer d'une ligne. Il écrivit alors quelques mots, puis s'arrêta à nouveau. La forme, en vérité, avait du poli et du brillant, mais le fond était bizarre, énigmatique et même incompréhensible.

« J'éprouve l'impérieux besoin, disait la lettre, de vous montrer ce que mes yeux ont vu depuis des semaines et que je qualifierai de vision ineffaçable. J'ai l'habitude de céder à mes impulsions et je me dois de vous exposer par ces lignes ce que j'ai vu. Pour cette raison, écoutez-moi.

« Je ne vous dirai que ce qui est vrai et que ce qui existe et vous raconterai simplement une histoire bien courte, incroyablement révoltante.

« Je vous la raconterai sans commentaires, sans

accuser personne et sans prononcer de jugement. C'est l'histoire de Gabrielle Eckhof, monsieur, la femme que vous nommez vôtre... et remarquez bien ceci : elle fut vôtre; vous le lui avez prouvé, mais je suis le premier à vous faire connaître la seule vérité vraie.

« Vous souvenez-vous du jardin, monsieur, du vieux jardin touffu derrière la grise maison patricienne? La mousse verte croissait parmi les fentes des murailles qui clôturaient ce lieu sauvage et rêvé. Vous souvenez-vous du jet d'eau qui occupait le centre? Des iris lilas s'inclinaient sur les bords vermoulus, et son jet blanc devisait mystérieusement sur la pierre crevassée. Le jour d'été baissait. Sept jeunes filles formaient une guirlande autour du jet d'eau. Dans les cheveux de la septième, qui était en réalité la première, la seule, le soleil couchant semblait avoir mis secrètement un signe brillant. Ses yeux avaient l'anxiété d'un rêve, et cependant ses lèvres claires souriaient... Ces jeunes filles chantaient. Leur visage mince apparaissait à la hauteur du jet d'eau, à l'endroit même où la chute tombe en une courbe lasse et noble. Leur voix douce et limpide planait au haut de la danse grêle. Peut-être avaient-elles posé leurs mains délicates autour de leur genou replié, alors qu'elles chantaient...

« Vous rappelez-vous ce tableau, monsieur? Le voyez-vous? Vous ne le vîtes pas. Vos yeux n'avaient pas été créés pour cela, et vos oreilles ne percevaient pas la chaste suavité de la mélodie. Si vous l'aviez vu, vous auriez dû retenir votre souffle et arrêter les battements de votre cœur, et vous auriez dû retourner dans la vie, dans votre vie, et conserver en vous, pour le reste de votre existence, cette vision, comme un sanctuaire sacré et inviolable.

« Ce tableau était idéal, monsieur : deviez-vous le détruire et y apporter de la laideur et d'affreuses souffrances ? La gloire du soir finissant, de la dissolution et de l'anéantissement en faisait une émouvante apothéose. Les êtres à leur déclin, trop las et trop nobles pour l'action, près de s'anéantir, font entendre un chant suprême et mélancolique comme un chant de violon... Vîtes-vous les yeux de celle à qui ce chant arrachait des larmes ?

« Les âmes de six amies d'enfance pouvaient appartenir à la vie, mais la sienne appartenait à la beauté et à la mort.

« Vous avez contemplé cette beauté de la mort pour la convoiter. Votre cœur n'a connu ni crainte ni respect devant son caractère sacré. Il ne vous suffisait pas de la contempler, il vous fallut la posséder, jouir d'elle, la profaner... Vous montrâtes du goût dans votre choix ! Mais vous n'êtes qu'un gourmand, monsieur, un gourmand plébéien, un paysan qui a du goût.

« Je vous prie d'observer que je ne veux vous offenser en aucune façon. Ne prenez pas mes paroles pour des injures ; ce n'est qu'une constatation, la simple constatation psychologique de votre personnalité primitive et inintéressante. Je suis poussé à vous le dire pour expliquer votre conduite, car ma seule mission sur la terre consiste à appeler les choses par leur nom et à déchirer violemment les voiles de l'inconscience. Le monde est rempli de « types inconscients » comme je les appelle, et je ne supporte pas ces types inconscients. Je ne supporte pas ces gens bornés, ignorants et sans connaissance de la vie, qui m'entourent et qui sont d'une naïveté irritante ! Je suis poussé, par un besoin irrésistible, à les démasquer et à crier la vérité à tous — autant que mes forces me le permettront — insoucieux si mes paroles seront suivies d'effet ou non, si elles apporteront de la consolation ou de la douleur. Vous êtes, monsieur, je l'ai dit, un gourmand plébéien, un paysan qui a du goût. A vrai dire, vous êtes d'une forte constitution et vous avez un extérieur trivial. Par la fortune et par les habitudes, vous êtes devenu un barbare d'une corruption nerveuse qui ne s'est jamais vue, accompagnée d'une cupidité raffinée. Sans doute avez-vous fait claquer la langue, comme devant une soupe savoureuse ou un plat rare, et vous avez décidé de vous approprier Gabrielle Eckhof... Mais vos désirs vous ont égaré. Du jardin touffu, vous avez conduit cet ange dans la vie et dans sa laideur. Vous lui avez donné votre nom vulgaire et vous avez fait d'elle une épouse, une maîtresse de maison et une mère. Vous avez souillé cette suprême fleur de la mort en la soumettant aux exigences quotidiennes. Aujourd'hui la nature, méprisable et peu commode idole qui ne soupçonne pas votre profonde infamie, s'émeut dans votre conscience paysanne.

« Encore une fois : que se passa-t-il ? Celle dont les yeux sont un rêve anxieux vous donna un enfant qui est la survivance de son père. Elle vous le donna avec son sang et avec sa vie, et elle se meurt. Elle se meurt, monsieur.

« Toute ma préoccupation a été qu'elle ne mourût pas de votre infamie, mais délivrée de l'abîme d'horreurs où vous l'avez plongée, qu'elle mourût du moins fière et heureuse sous les baisers mortels de la beauté.

« Vous, vous n'étiez occupé qu'à tuer le temps avec des chambrières, dans des corridors discrets.

« Mais votre enfant, le fils de Gabrielle Eckhof, prospère, vit et triomphe. Il est probable qu'il continuera l'existence qu'aura menée son père; il sera commerçant, contribuable et grand mangeur. Il sera soldat, peut-être, ou fonctionnaire, un solide soutien de l'État, un inconscient. Dans tous les cas une créature normale, sans scrupule, importante, forte et bête. Croyez, monsieur, que je vous hais, vous et votre enfant, comme je hais la vie banale, ridicule et cependant triomphante, que vous représentez et qui est l'éternelle antithèse et l'ennemie de la beauté. Je ne vous dirai pas que je vous méprise. Je ne le puis pas, et je suis sincère. Vous êtes le plus fort.

Dans ce combat, je ne puis vous opposer que les nobles armes et les instruments de la vengeance des faibles : l'esprit et la parole.

« Aujourd'hui je m'en suis servi, car cette lettre — ici je suis sincère encore, monsieur — n'est pas un acte de vengeance. Ce ne sont que des mots tranchants, étincelants et suffisamment bons pour vous atteindre, pour vous faire sentir une force étrangère, pour ébranler un instant votre robuste tranquillité : je triompherai.

« Detlev Spinell. »

***

M. Klöteryahn frappa à la porte de M. Spinell; il brandissait une grande feuille de papier proprement écrite et avait l'air d'un homme résolu et énergique.

La poste avait fait son office; la lettre avait suivi son chemin; elle avait fait l'admirable voyage de Einfried à Einfried et se trouvait dans les mains du destinataire. Il était quatre heures de l'après-midi.

Quand M. Klöteryahn entra dans la chambre, M. Spinell était assis sur le canapé, occupé à lire son propre roman dont la couverture s'ornait de dessins enchevêtrés. Il se leva et constata l'étonnement de son visiteur.

— Bonjour, dit M. Klöteryahn. Excusez-moi de vous déranger... Mais puis-je vous demander si c'est vous qui avez écrit ceci?

En même temps, il tenait en l'air, de la main gauche, la grande feuille proprement écrite, qu'il frappa du revers de la main droite si fortement que le papier craqua. Puis il enfonça sa main droite dans la poche de son large pantalon, inclina la tête sur le côté et ouvrit la bouche, comme font certaines gens qui écoutent.

M. Spinell eut un sourire particulier; il sourit avec prévenance, un peu troublé, comme s'il voulait s'excuser, puis il porta la main au front, parut se souvenir et dit :

— Ah!... c'est juste... oui... je me suis permis...

Le fait est qu'il avait dormi ce jour-là jusque vers midi. Il souffrait de la tête, se sentait nerveux et incapable de discuter.

L'air printanier qui entrait dans la chambre lui donnait de la langueur et le plongeait dans le désespoir. Cela doit être mentionné pour expliquer sa conduite niaise pendant la scène qui suivit.

— C'est ainsi! Ah! ah! Bien! dit M. Klöteryahn, qui, après avoir lâché cette phrase de pure forme, enfonça son menton dans la poitrine, fronça les sourcils, allongea les bras et fit d'autres gestes analogues bien inutiles.

Dans le contentement de sa personne, il exagéra quelque peu. Le résultat, en fin de compte, ne répondit pas complètement à cette mimique. Néanmoins, M. Spinell était assez pâle.

— Fort bien, répéta M. Klöteryahn. Aussi je vous répondrai de vive voix, mon cher. Étant donné les circonstances, je trouve idiot d'adresser une lettre de plusieurs pages à quelqu'un avec qui l'on peut parler à toute heure!...

— Donc... idiot..., dit M. Spinell en souriant, en s'excusant quasi humblement.

— Idiot! répéta M. Klöteryahn, et il secoua fortement la tête, pour montrer combien il était sûr de son fait. Et je ne parlerais même pas de ce méchant griffonnage dont je ne me servirais pas pour envelopper ma tartine, s'il n'éclaircissait certaines choses que je n'avais pas comprises jusqu'ici, certains changements... D'ailleurs, cela ne vous regarde pas et n'a rien à voir ici. Je suis un homme actif, et j'ai autre chose à faire que de m'occuper de vos inqualifiables billevesées.

— J'ai écrit des « inqualifiables billevesées? » dit M. Spinell, et il se redressa.

Ce fut le seul instant, au cours de cet entretien, où il montra une certaine dignité.

— ... Inqualifiables!... répliqua M. Klöteryahn, et il jeta un coup d'œil sur le manuscrit. Vous avez une bien mauvaise écriture, mon cher; je ne voudrais pas vous employer dans mes bureaux. A première vue, elle paraît nette. Mais, à la lumière, elle est pleine de trous et de lettres vacillantes. Mais c'est là votre affaire, et cela ne me regarde pas. Je suis venu pour vous dire, premièrement, que vous êtes un polichinelle — vous devez le savoir, je suppose; de plus, vous êtes un grand poltron et je n'ai pas besoin de m'étendre davantage pour vous en donner la preuve. Ma femme m'a écrit une fois que jamais vous ne regardiez les femmes en face, mais que vous jetiez sur elles un regard furtif pour emporter d'elles une vision idéale, par crainte de la réalité. Elle a malheureusement cessé de me parler de vous dans ses autres lettres, car j'aurais appris d'autres histoires sur votre compte. Voici ce que vous êtes : sous le couvert du mot beauté, vous abritez de la lâcheté, de la dissimulation et de l'envie. C'est pour cette raison que votre remarque effrontée sur les « corridors discrets » qui devait me blesser m'a simplement amusé!

« Eh bien? Suis-je parvenu à « expliquer votre conduite », pauvre homme, bien que ce ne soit pas chez moi une « vocation infaillible »? Ah! ah!...

— J'ai écrit « vocation irrésistible », rectifia M. Spinell; puis il se tut.

Il était là abandonné, comme un grand écolier pitoyable et grisonnant.

— Irrésistible, infaillible... Vous êtes un infâme poltron, vous dis-je. Chaque jour vous me voyez à table, vous me saluez et me souriez. Vous me passez les plats et me donnez le *Mahlzeit* avec un sourire. Et un beau jour, vous me jetez à la tête un chiffon de papier couvert d'absurdes injures. Oh! oui, par écrit, vous avez du courage. S'il ne s'agissait que de cette lettre ridicule! mais vous avez intrigué derrière mon dos. A présent, je comprends très bien... quoique vous ne puissiez songer à en tirer profit! Si vous nourrissez l'espoir d'éveiller un caprice chez ma femme, vous faites fausse route, mon estimé monsieur; ma femme est bien trop raisonnable pour cela. Ne vous imaginez donc pas qu'elle m'ait témoigné de la froideur à mon arrivée ici avec mon enfant; ce serait le comble de l'absurdité. La vérité, c'est qu'en n'embrassant pas le petit, elle a agi par prudence. Eh oui! on est allé jusqu'à croire que ce n'était pas le larynx qui était atteint, mais les poumons... Et, dans ce cas, on ne sait pas... bien qu'il reste à prouver d'ailleurs que ce sont bien les poumons et qu'elle « se meurt », comme vous le dites, monsieur! Vous êtes un âne!

A ce moment, M. Klöteryahn fit un effort pour régler sa respiration.

Il était entré dans une grande colère et agitait continuellement en l'air l'index de sa main droite, après avoir fait passer la lettre dans sa main gauche. Son visage, entre ses blonds favoris à l'anglaise, était affreusement rouge et son front assombri était barré de veines gonflées.

— Vous me haïriez, continua-t-il, et vous me mépriseriez, si je n'étais pas le plus fort... Mais je le suis, que diable! J'ai le cœur bien placé, tandis que le vôtre vous manque. Je vous bâtonnerais vigoureusement, perfide idiot, si ce n'était pas défendu. Mais il n'est pas dit, mon cher, que j'accepterai sans façon ainsi vos invectives... Mon nom est honorable, monsieur, et sans doute à cause de mon mérite. Mais vous, trouveriez-vous quelqu'un qui vous fasse crédit d'un liard? Je vous laisse discuter cette question avec vous-même, vagabond fainéant! Contre vous, on doit procéder légalement. Vous êtes un danger public! Vous rendez les gens fous!... Toutefois, n'imaginez pas que vous ayez réussi cette fois, homme sournois! Je ne me laisse pas évincer par des individus de votre espèce. J'ai le cœur bien placé...

M. Klöteryahn était hors de lui. Il criait et répétait qu'il avait le cœur bien placé...

Il reprit le texte de la lettre :

— « Elles chantaient »! Point à la ligne. Elles ne chantaient pas, monsieur! Elles faisaient du crochet! « Vîtes-vous ce tableau? », écrivez-vous, « le vîtes-vous? » Naturellement je l'ai vu, mais je ne comprends pas pour quelle raison je devais cesser de respirer et m'enfuir. Je ne regarde pas la femme d'un regard furtif, moi! Je la regarde en face, et quand elle me plaît, qu'elle m'agrée, je la fais mienne!...

On frappa, on frappa successivement et rapidement neuf à dix fois à la porte. Ce bruit insolite fit taire M. Klöteryahn.

Une voix sans timbre et pressée disait d'un trait :

— Monsieur Klöteryahn! Monsieur Klöteryahn! Ah! monsieur Klöteryahn est-il là?...

— Restez dehors, dit M. Klöteryahn de mauvaise humeur. Qu'y a-t-il? Je suis en conversation.

— Monsieur Klöteryahn, dit la voix tremblante et brisée, vous devez venir... Les médecins sont également là... Oh! c'est si affreusement triste!...

D'un pas, il fut à la porte, qu'il ouvrit violemment. Mme la conseillère Spatz était là. Elle tenait un mouchoir sur sa bouche, tout inondé de larmes.

— Monsieur Klöteryahn, dit-elle en sanglotant... C'est affreusement triste... Elle a eu un crachement de sang si abondant... Elle était assise tranquillement sur son lit et fredonnait un morceau de musique lorsque le sang se mit à couler, mon Dieu! en si grande quantité!...

— Est-elle morte? s'écria M. Klöteryahn. Et, empoignant le bras de Mme la Conseillère, il l'entraîna sur le seuil. Non, elle n'est pas morte encore? Elle me reconnaîtra encore... Elle a donc craché du sang, des poumons? des poumons, n'est-ce pas?... Gabrielle! dit-il soudain avec des yeux pleins de larmes.

Il donnait l'impression d'un homme bon, chaleureux et humain.

— Oui, j'arrive! dit-il, et à grands pas il entraîna hors de la chambre et à travers les corridors Mme la Conseillère.

Au loin, on entendait encore sa voix qui demandait :

— Elle n'est pas morte, n'est-ce pas?... Des poumons, quoi?

***

M. Spinell, quand M. Klöteryahn disparut, était resté à la même place, et il regardait à travers la porte ouverte. Il finit par faire quelques pas, puis il écouta au loin. Mais tout était silencieux; alors il referma la porte et rentra dans sa chambre.

Pendant un certain temps, il se regarda dans la glace. Il se dirigea ensuite vers sa table de travail, prit sur une étagère un flacon de cognac et un petit verre et but; ce que l'on ne pouvait blâmer. Puis il s'étendit sur le canapé et ferma les yeux.

***

Le vasistas était ouvert. Au-dehors, les oiseaux gazouillaient dans le jardin d'Einfried. Dans leur chant tendre et hardi, tout le printemps s'exprimait.

M. Spinell dit tout bas comme en songe : « Infaillible vocation... » Alors il remua la tête de droite à gauche, il aspira l'air par la bouche comme à la suite d'une violente douleur névralgique.

Il lui était impossible de retrouver son calme ni de se recueillir. On n'est pas fait pour supporter d'aussi violentes émotions! Enfin, nous ne dirons pas comment M. Spinell se décida à se lever, affaire de se détendre et de prendre l'air. Il prit son chapeau et sortit de la chambre. Quand il eut quitté la maison et qu'il se sentit enveloppé par l'air doux et aromatisé, il tourna la tête et parcourut lentement du regard la bâtisse jusqu'à une certaine fenêtre dont les rideaux étaient baissés. Il contempla longtemps cette fenêtre avec des yeux profonds, sérieux et sombres. Puis, les mains derrière le dos, il marcha sur le chemin de gravier. Il marcha dans une profonde mélancolie.

Les plates-bandes étaient encore recouvertes de paille; les arbres et les buissons étaient dépouillés; mais la neige avait disparu; les chemins conservaient de-ci de-là des traces d'humidité. Le grand jardin avec ses grottes, ses berceaux et ses pavillons, était magnifiquement inondé de lumière par ce déclin d'après-midi, avec ses ombres violentes et foncées. Dans une clarté d'or, la sombre ramure des arbres se détachait vigoureusement et délicatement sur un ciel clair. C'était l'heure où le soleil se décompose et n'est plus qu'un vague disque déclinant, dont les feux lassés et doux peuvent être supportés par la vue.

M. Spinell ne vit pas le soleil; le chemin qu'il suivait le dérobait à ses yeux. Il marchait la tête baissée et fredonnait un air de musique, une courte phrase plaintive qui montait progressivement, le motif du Désir...

Soudain, sa respiration se fit courte et convulsive; il resta cloué sur place. Il fronça les sourcils; ses yeux agrandis regardèrent droit devant eux avec une expression terrifiée. Le chemin faisait un coude; il se laissa guider par le soleil couchant.

Traversé par deux raies de nuages lisérés d'or, le soleil énorme s'inclinait dans le ciel. Il embrasait le sommet des arbres et répandait sa splendeur rouge et jaune sur le jardin.

Et, au milieu de cette transfiguration d'or, dans la prodigieuse auréole du disque, une plantureuse personne habillée d'un écossais rouge et or se détachait sur le chemin. La main droite appuyée sur la hanche, elle poussait de la main gauche une gracieuse voiture d'enfant qu'elle berçait de temps en temps. Dans cette voiture, un enfant était assis : le jeune Antoine Klöteryahn, le fils de Gabrielle Eckhof!

Il était vêtu d'un manteau de castorine blanche; il trônait magnifique, joufflu et sage, au milieu de ses coussins. Ses yeux rieurs rencontrèrent ceux de M. Spinell. Le romancier voulut se retirer, mais il avait trouvé son maître et, subjugué par cette apparition, il continua sa promenade... Ce qu'il y eut d'affreux, c'est qu'Antoine Klöteryahn se mit à rire et à pousser des cris de joie, des cris aigus et inarticulés. Qu'avait-il? Les formes noires qu'il avait devant lui lui donnaient-elles cette sauvage gaîté? Ou bien n'était-ce qu'un accès de bien-être animal?

D'une main, il tenait un anneau en os et, de l'autre, un hochet de métal. Dans la clarté du soleil, il tendait les deux objets avec des transports de joie;

il les secouait et les heurtait l'un contre l'autre. On eût dit qu'il voulait effaroucher quelqu'un tout en se moquant de lui.

Ses yeux étaient à demi fermés de plaisir et sa bouche large ouverte découvrait son palais rose. Il criait en secouant la tête...

M. Spinell rebroussa chemin. Il s'en alla, poursuivi par la joie du petit Klöteryahn. Et il marchait sur le gravier avec précaution et une certaine raideur gracieuse du bras. Ses pas étaient hésitants comme ceux de quelqu'un qui veut dissimuler sa fuite.

(traduit par Félix Bertaux)

LE CHEMIN DU CIMETIÈRE

Le chemin du cimetière côtoyait la chaussée jusqu'à son terme, le cimetière. De l'autre côté de la route, il y avait d'abord des maisons, les immeubles neufs du faubourg, quelques-uns encore en construction, puis venaient les champs. La chaussée elle-même était flanquée d'arbres, hêtres noueux, d'âge respectable, elle était pour une part pavée, pour l'autre non; mais le chemin du cimetière était parsemé de gravier, ce qui lui donnait des allures de sentier d'agrément. Un fossé étroit et sec, rempli d'herbe et de fleurs des champs, séparait les deux voies.

On était au printemps, déjà presque en été. Le monde entier souriait. Le ciel bleu du Bon Dieu était semé de petits flocons de nuages, ronds et compacts, et pointillé de légers grumeaux d'un blanc de neige, dont l'aspect était humoristique. Les oiseaux gazouillaient dans les hêtres, et une brise tiède soufflait des champs.

Une voiture venant du village voisin s'en allait

lentement à la ville par la chaussée. Elle roulait à moitié sur le pavé, à moitié sur la partie non pavée de la route. Le cocher laissait pendre ses jambes de part et d'autre du timon et sifflait le plus faux du monde, mais un petit chien jaune, assis à l'arrière de la voiture, lui tournait le dos, et, du bout de son museau pointu, surveillait d'un air de gravité et de recueillement indicible la route qui fuyait derrière lui. Ce petit chien n'avait pas son pareil, il valait son pesant d'or, son aspect était réjouissant au possible, malheureusement il n'a rien à voir à cette histoire, aussi faut-il nous détourner de lui.

Un détachement de soldats vint à passer, ils venaient d'une caserne proche, et marchaient en chantant, enveloppés dans leur propre atmosphère. Une deuxième voiture venant de la ville s'en allait tout doucement au village voisin. Le cocher dormait. Il n'y avait pas de chien. Cette voiture n'offrait donc aucun intérêt. Survinrent deux apprentis, l'un bossu, l'autre de taille gigantesque. Ils marchaient pieds nus, leurs souliers suspendus sur leur dos. Ils apostrophèrent gaiement le cocher endormi et passèrent leur chemin. La circulation était modérée, n'offrait ni encombrement ni accidents.

Sur le chemin du cimetière marchait un unique piéton, il allait à pas lents, la tête basse, appuyé sur une canne noire. Cet homme s'appelait Piepsam, Lobgott Piepsam, et non autrement. Nous tenons à écrire ici son nom en toutes lettres, parce qu'il eut par la suite une conduite des plus singulières.

Il était vêtu de noir, parce qu'il se rendait sur la tombe de personnes chères. Il portait un chapeau haut de forme, hérissé et cintré, une redingote luisante de vieillesse, un pantalon à la fois trop court et trop étroit, et des gants de peau noire râpés de partout. Son cou, un cou long et sec, orné d'une grosse pomme d'Adam, sortait d'un col rabattu un peu effrangé, il était même un peu élimé aux angles, ce col rabattu. Mais quand l'homme levait la tête, ce qu'il faisait parfois, pour voir à quelle distance il était du cimetière, on voyait un visage étrange, que l'on n'oubliait pas de sitôt.

Il était glabre et pâle. Mais entre les joues creuses, émergeait un nez épaissi du bout en tubercule, brillant d'un rouge immodéré et peu naturel, et qui par surcroît présentait une foule de petites excroissances, de végétations malsaines, qui lui donnaient un profil irrégulier et fantastique. Ce nez, dont l'éclat sombre tranchait sur la pâleur mate du visage, avait quelque chose d'invraisemblable et de pittoresque, il avait l'air d'un nez postiche, d'un nez de carnaval, d'une farce mélancolique. Et rien n'était plus loin de la vérité. Sa bouche, une bouche large aux coins tombants, l'homme la tenait fermée, et quand il levait les yeux, il haussait jusqu'au rebord du chapeau ses sourcils noirs mêlés de poils blancs, de façon à bien montrer ses yeux enflammés au cerne lamentable. Bref, c'était un de ces visages auxquels on ne saurait refuser, à la longue, une très vive sympathie.

L'apparence de Lobgott Piepsam n'avait rien de jovial, elle s'accordait mal à cette charmante matinée, elle exagérait la tristesse, même chez un homme qui allait sur la tombe d'êtres aimés. Mais quand on lisait dans son âme, on devait convenir qu'il y avait à cela des raisons. — Quoi donc? Il était un peu déprimé?... Qu'il est difficile de faire entendre ces choses-là à des êtres gais comme vous. — Un peu malheureux, alors?... Un peu meurtri?... Hélas! à vrai dire, il était tout cela, mais non pas un peu. Il l'était au plus haut degré; sans aucune exagération, il était dans de tristes conditions.

Et d'abord il buvait. Nous y reviendrons. En outre, il était veuf, isolé, abandonné de tous; il n'avait plus une âme pour l'aimer au monde. Sa femme, née Lebzelt, lui avait été enlevée à la naissance de leur enfant, six mois auparavant; c'était leur troisième enfant, et il était mort en venant au monde. Les deux autres enfants étaient morts aussi, l'un de la diphtérie, l'autre de rien, ou de deux fois rien, peut-être de débilité congénitale. Et ce n'était pas tout, il avait peu après perdu sa place, on l'avait mis à la porte d'une façon infamante, et tout cela contribuait à renforcer cette passion qui était plus forte que Piepsam.

Autrefois, il lui tenait tête dans une certaine mesure, bien qu'il lui rendît périodiquement d'excessifs hommages. Mais quand sa femme et ses enfants lui avaient été enlevés, qu'il était resté sans appui, sans soutien, privé de toutes relations, seul au monde, le vice s'était rendu maître de lui, et avait brisé peu à peu sa résistance morale. Il avait eu un emploi dans une compagnie d'assurance, un travail de copiste supérieur, à quatre-vingt-dix marks par mois. Mais dans un moment d'inconscience il avait commis des indélicatesses graves, et après des avertissements répétés, il avait été congédié, comme dorénavant indigne de confiance.

Il est clair que tout cela ne contribuait pas à relever le moral de Piepsam, et qu'il était promis désormais à la déchéance totale. Vous saurez, en effet, que le malheur détruit la dignité de l'homme — il est toujours bon d'être un peu éclairé à ce sujet. Ce sont là des phénomènes étranges et effrayants. Rien ne sert que l'homme s'affirme à lui-même son innocence; dans la plupart des cas, il se méprise, à cause de sa malchance. Mais le mépris de soi-même et le vice sont dans des rapports de terrible réciprocité, ils se prêtent un mutuel concours, que c'en est épouvantable! Il en était ainsi pour Piepsam. Il buvait parce qu'il avait perdu le respect de soi, et il se respectait de moins en moins, parce que l'effondrement répété de ses bonnes intentions rongeait la confiance qu'il aurait pu avoir en lui-même. Il gardait chez lui, dans son armoire, une bouteille pleine d'un liquide jaunâtre et vénéneux, liquide néfaste dont il est plus prudent de ne pas écrire le nom. Il était arrivé à Lobgott Piepsam de se jeter littéralement à genoux devant cette armoire, en se mordant la langue, pourtant il finissait par succomber. Ce sont des choses que l'on n'aime pas à raconter, bien qu'elles soient instructives.

Il suivait à présent le chemin du cimetière, poussant sa canne noire devant lui. La brise douce lui caressait aussi le nez, mais il ne la sentait pas. Les sourcils levés, il fixait sur le monde un regard creux et voilé, il se sentait misérable et perdu. Soudain il entendit du bruit derrière lui et prêta l'oreille; un frôlement doux s'approchait à vive allure, venant du lointain. Il fit demi-tour et resta cloué sur place... C'était une bicyclette dont les pneus grinçaient sur le sol légèrement poudré de gravier, elle arrivait à pleine course, puis ralentit son allure à cause de Piepsam, planté au milieu du chemin.

Un jeune homme était en selle, un touriste insouciant. Mon Dieu! il n'avait nullement la prétention d'être mis au nombre des grands et des puissants de la terre. Il montait une machine de qualité médiocre, peu importe la marque, une machine de deux cents marks, fabriquée à la diable; et il était parti là-dessus pour faire un tour à la campagne, droit au sortir de la ville, et il faisait jouer ses pédales étincelantes à travers la libre nature de Dieu, hourrah! Il portait une chemise de couleur et un veston gris pardessus, des guêtres de sport et la plus impertinente petite casquette du monde — une casquette pour rire, à carreaux bruns, avec un bouton au sommet — mais il en sortait par-devant une touffe, une mèche épaisse de cheveux blonds qui se retroussaient sur le front. Des yeux bleus étincelants. Il semblait la vie en personne et avançait en agitant son grelot, mais Piepsam ne bougeait pas d'une ligne. Il demeurait planté, regardant la Vie d'un air impassible.

La Vie lui lança un regard furieux et le dépassa lentement, sur quoi Piepsam se remit lentement en marche. Mais au moment où la bicyclette le dépassa, il prononça en martelant les syllabes : « Numéro 9707. »

Puis il pinça les lèvres, regardant fixement le sol, tandis qu'il sentait le regard de la Vie fixé sur lui avec stupéfaction. Elle s'était retournée, appuyée d'une main sur la selle, et allait à très faible allure.

— Hein ? fit-elle.

— Numéro 9707, répéta Piepsam. Oh ! ce n'est rien. Je vous signalerai.

— Vous me signalerez ? demanda la Vie en se retournant plus complètement encore et en ralentissant, au point qu'il lui fallut faire lentement osciller son guidon de côté et d'autre pour garder l'équilibre.

— Certainement, répondit Piepsam, à la distance de cinq ou six pas.

— Et pourquoi ? demanda la Vie, sautant à terre. Elle resta debout à le dévisager avec curiosité.

— Vous le savez bien.

— Non, je ne le sais pas.

— Vous devriez le savoir!

— Mais je vous dis que je ne le sais pas, dit la Vie, et que ça ne m'intéresse guère!

Là-dessus, elle vérifia sa bicyclette avant de remonter en selle. Elle n'avait pas la langue dans sa poche.

— Je vous dénoncerai parce que vous circulez ici et non sur la chaussée, et qu'ici c'est le chemin du cimetière, dit Piepsam.

— Mais, mon cher monsieur! s'écria la Vie avec un sourire d'exaspération et d'impatience. — De nouveau elle se retourna et s'arrêta. — Voyez ces traces de bicyclettes, tout le long du chemin, tout le monde passe ici.

— Ça m'est bien égal, dit Piepsam, je vous signalerai.

— Hé bien! faites comme vous voudrez, s'écria la Vie, remontant sur sa machine.

Elle se remit en selle du premier coup, elle n'eut pas la maladresse de rater son départ, d'un pied elle pressa la pédale, s'établit bien d'aplomb et se mit en marche pour reprendre l'allure qui convenait à son tempérament.

— Si vous continuez à circuler ici, sur le chemin du cimetière, je vous signalerai, sûr! dit Piepsam à voix haute et tremblante.

Mais la Vie, hélas! n'y prit pas garde et s'éloigna à une vitesse croissante.

Si vous aviez vu le visage de Piepsam à ce moment,

vous eussiez été épouvanté. Il pinçait les lèvres au point de rentrer presque entièrement ses joues, et même son nez rubicond, et sous ses sourcils levés à des hauteurs extravagantes, ses yeux suivaient d'un air égaré la bicyclette qui filait. Soudain il s'élança, il parcourut en courant la courte distance qui le séparait de la machine et saisit la sacoche; il s'y cramponna des deux mains, s'y agrippa, et serrant toujours les lèvres avec une énergie surhumaine, muet, les yeux hagards, il tirailla de toutes ses forces la bicyclette qui oscillait en tâchant d'avancer. A le voir on eût pu se demander s'il voulait, par malveillance, empêcher le jeune homme d'avancer, ou s'il cherchait à se faire remorquer, à sauter en croupe, et à faire lui aussi une petite promenade au rythme de ces pédales étincelantes, à travers la libre nature de Dieu, hourrah!... La bicyclette ne résista pas longtemps à ce poids désespéré, elle s'arrêta, tomba.

Alors la Vie se fâcha. Un pied posé à terre, elle leva le bras droit et en porta à Lobgott Piepsam un tel coup en pleine poitrine, qu'il recula en chancelant de plusieurs pas. Puis elle ajouta d'une voix gonflée de menaces :

— Vous êtes ivre, mon gaillard. Si vous vous permettez une fois encore de m'arrêter, espèce de toqué, je vous mets en marmelade, compris? Je vous brise les os! Tâchez d'en prendre note!

Là-dessus, il tourna le dos à M. Piepsam, enfonça sa casquette sur la tête d'un geste indigné et remonta en selle. Bigre, il n'avait pas sa langue dans sa poche. Cette fois-là non plus, il n'eut garde de rater son départ. Il lui suffit de nouveau de presser une fois sur la pédale et il fut maître de sa machine. Piepsam vit son dos qui filait à une allure croissante.

Il demeura là, haletant, suivant la Vie d'un regard fixe... Elle ne tomba point, elle n'eut pas le moindre accident, les pneus ne crevèrent pas, et il n'y eut point de pierre sous sa roue. Elle s'éloigna balancée sur ses ressorts élastiques. Alors Piepsam se mit à crier et à l'invectiver. On pourrait dire qu'il se mit à rugir, sa voix n'avait plus rien d'humain.

— Vous n'irez pas plus loin! criait-il. Vous ne le ferez pas. Vous allez passer là sur la chaussée, et non pas sur le chemin du cimetière, entendez-vous?... Vous allez descendre tout de suite. Oh! oh!

— Je vais vous signaler, je vais porter plainte. Mon Dieu, Seigneur! Si du moins tu allais tomber, si tu tombais, canaille que tu es! Je te piétinerais, je te mettrais ma botte dans la figure, sacré gamin!...

Vit-on jamais rien de pareil? Un homme écumant de rage sur le chemin du cimetière, un homme qui rugit, la face tuméfiée, un homme qui danse, qui cabriole de fureur, qui lance bras et jambes à hue et à dia, qui ne sait plus comment se tenir! La bicyclette était hors de vue que Piepsam se débattait encore au même endroit.

— Arrêtez-le, arrêtez-le! Il roule sur le chemin du cimetière. Hein? Canaille, garnement, maudit singe!

Avec tes yeux bleus qui brillent, je voudrais t'écorcher vif, chien stupide, fanfaron, maître sot, freluquet, ignorant!... Vous allez descendre! A la minute! Est-ce qu'il n'y aura personne pour le jeter bas, cet individu? Ça se promène, hein? sur le chemin du cimetière! Mais fichez-le-moi donc par terre, ce sacré blanc-bec! Ah! — Ah! — que je te tienne, hein! Et puis après! Que le diable te les crève, tes yeux bleus, espèce d'ignorant, d'ignorant, d'ignorant!...

Piepsam passa ensuite à des locutions que je ne saurais répéter, il écumait et proférait d'une voix cassée les plus affreux jurons, tandis que s'aggravait encore le délire de son corps. Quelques enfants qui passaient sur la chaussée, traînant un panier et un pincher, grimpèrent le revers du fossé, entourèrent l'homme hurlant, et regardèrent curieusement son visage convulsé. Quelques ouvriers qui travaillaient aux maisons en construction ou qui commençaient la halte de midi s'aperçurent de ce qui se passait, et les hommes et les faiseuses de mortier s'approchèrent du groupe. Mais Piepsam ne décolérait pas, son état s'aggravait encore. L'air aveugle et fou, il menaçait le ciel de ses poings levés, agitait les jambes, tournait sur lui-même, ployait les genoux, puis se redressait comme mû par un ressort dans un effort surhumain pour crier le plus fort possible. Il ne cessait pas un instant de hurler, il prenait à peine le temps de respirer, et l'on était surpris de la richesse de son vocabulaire. Il avait le visage affreusement tuméfié. Le chapeau sur la nuque, le plastron sorti du gilet. Depuis longtemps il en était venu aux généralités, et ce qu'il disait n'avait plus aucun rapport avec son affaire. C'étaient des allusions à sa vie coupable, des velléités pieuses, énoncées sur le ton le moins convenable et grossièrement entremêlées de blasphèmes.

— Mais, venez-y donc, venez-y tous! rugissait-il. Pas vous seulement, mais vous autres aussi, avec vos casquettes et vos yeux bleus qui brillent! Je vais vous crier dans les oreilles des vérités qui vous ficheront la frousse pour l'éternité, tas de rien du tout!... Vous ricanez? Vous haussez les épaules? Je bois, eh bien! oui, je bois! Même je me soûle si vous tenez à le savoir. Qu'est-ce que ça veut dire? nous n'en sommes pas au grand soir. Un jour viendra, tas de vermine, où Dieu nous pèsera tous!... Ah!... Ah!... Le Fils de l'homme viendra sur les nuées, mes innocentes canailles, et sa justice n'est pas de ce monde. Il vous jettera dans les ténèbres du dehors, joyeuse engeance, là il y aura des pleurs et des...

Il était à présent au centre d'une assemblée imposante, des gens riaient, d'autres le regardaient en fronçant les sourcils. D'autres ouvriers, d'autres faiseuses de mortier étaient venus des bâtiments en construction. Un roulier était descendu de sa voiture arrêtée sur la grand-route; le fouet à la main, il avait traversé le fossé. Un détachement de soldats qui passaient tendirent le cou en riant. Le pincher ne put y tenir — arc-bouté sur ses pattes de devant, il lui hurla au visage, la queue serrée entre les jambes.

Tout à coup, Lobgott Piepsam cria une fois encore d'une voix forte :

— Descends, descends tout de suite, blanc-bec, ignorant! Puis décrivant d'un bras un vaste demicercle, il s'affaissa sur lui-même. Il gisait là brusquement muet, comme un monceau noir au milieu des curieux. Son chapeau cintré vola au loin, rebondit une fois, puis s'immobilisa lui aussi.

Deux maçons se penchèrent sur Piepsam inerte et échangèrent leurs réflexions empreintes de la bonhomie raisonnable des ouvriers. Puis l'un d'eux s'éloigna au pas gymnastique. Ceux qui restèrent firent encore quelques tentatives sur l'homme inanimé. L'un d'eux l'aspergea d'eau puisée dans sa hotte. L'autre versa quelques gouttes d'eau-de-vie au creux de sa main, et lui en frotta les tempes, aucun résultat ne couronna ses efforts.

Un moment passa, puis on entendit un bruit de roues, et une voiture avança sur la chaussée. C'était une voiture d'ambulance qui s'arrêta sur les lieux. Elle était attelée de deux jolis petits chevaux et timbrée des deux côtés d'une énorme croix rouge. Deux hommes à l'uniforme seyant descendirent du siège, et tandis que l'un passait derrière la voiture pour l'ouvrir et en tirer la civière, l'autre sauta d'un bond sur le chemin du cimetière, écarta les curieux, et, avec l'aide d'un homme du peuple, emporta M. Piepsam vers la voiture.

On le coucha sur la civière, et on l'enfourna comme un pain, sur quoi la porte claqua, et les deux hommes en uniforme remontèrent sur le siège. Tout se passa avec la plus grande précision en quelques manœuvres habiles, cric, crac, comme chez les chiens savants.

Sur ce, l'on emporta Lobgott Piepsam.

(traduit par Geneviève Bianquis)

Postface

THOMAS MANN

ROMANCIER DE LA BOURGEOISIE ALLEMANDE

En 1928, le prix Nobel de littérature était attribué au romancier allemand Thomas Mann, né en 1876. Il était dès lors en pleine possession de son talent et de sa réputation. Bien qu'il ait été fêté en France, avec une préférence un peu exclusive, comme le romancier allemand par excellence, il s'est toujours défendu d'être un personnage officiel. Son roman *les Buddenbrook* avait déplu à la bourgeoisie hanséatique dont il décrivait le déclin ; on avait classé l'auteur parmi les détracteurs de l'Allemagne impériale, en le comparant, d'assez ridicule façon, à Bilse, l'auteur de *la Petite Garnison.* Plus tard, un autre roman, *Altesse Royale,* avait suscité les protestations de certains petits princes allemands, qui s'y voyaient caricaturés. Au cours de la première guerre mondiale, le recueil des *Considérations d'un apolitique,* nettement conservateur et monarchiste, lui avait valu une sorte de réhabilitation dans son pays. La réputation européenne lui est venue après le roman *la Montagne magique,* contemporain d'un ralliement assez éclatant à la République, et qui reprend et examine une à une toutes ces « valeurs » de la civilisation européenne entre lesquelles l'Apolitique prétendait instituer un choix exclusivement germanique, protestant, pessimiste et musical — on verra que ces adjectifs ne sont pas ici alignés au hasard.

Et telle est la valeur d'un talent supérieur que, des deux frères Mann, si dissemblables, et pendant la guerre si ennemis, celui que certains cercles littéraires parisiens ont accueilli le premier, ce n'est pas Heinrich, le républicain, le cosmopolite de toujours, l'âpre critique de l'ère impériale, le disciple de Zola, l'admirateur de la France; c'est Thomas, l'homme aux convictions d'apparence plus flottantes, celui qui estimait qu'un artiste ne prend jamais les idées au sérieux, mais qui, avec ses contradictions et ses incertitudes, nous paraissait refléter mieux l'âme incertaine et contradictoire, sous des dehors arrogants, de ses compatriotes. La suite a prouvé à quelle profondeur s'était opérée la conversion qui, détournant à jamais Thomas Mann des tendances qui ont prédominé en Allemagne après 1930, a fait de lui le protagoniste et le porte-parole d'une pensée allemande juste, libérale et démocratique, dressée de tout son indignation contre les horreurs et les crimes du régime hitlérien.

A ses débuts, il aime à se donner pour «le chroniqueur et l'interprète de la décadence, l'amateur de vérité pathologique et de mort, l'esthète attiré par l'abîme». Rien de moins décadent pourtant que ce romancier vigoureux qui, après diverses nouvelles très distinguées, publie à vingt-cinq ans le grand roman des *Buddenbrook,* histoire d'une famille lubeckoise au cours de quatre générations, et qui, après la guerre, donne à ce gros livre un pendant de 1 200 pages dans *le Zauberberg (la Montagne magique,)* sans compter un autre roman dans l'intervalle, *Königliche Hoheit* (*Altesse Royale*), et de nombreuses nouvelles dont deux au moins hors de pair : *Tonio Kröger* et *Der Tod in Venedig* (*la Mort à Venise*). S'il peint avec prédilection des phénomènes de décadence individuelle ou sociale, ce n'est pas qu'en son for intérieur il les admire ou les approuve ; mais il s'y attache d'une curiosité passionnée, en psychologue et en médecin, avec le double espoir de découvrir les maladies qui rongent la vie, mais ensuite les moyens de la préserver et de la régénérer. Aimer la mort, dit-il, c'est aimer la vie, et réciproquement. Il pense tenir ce double souci de Nietzsche et de toute la tradition scientifique du XIXe siècle, siècle probe et triste, sceptique, laborieux et plébéien, qui ne semble pas avoir légué au XXe siècle impatient, volontaire, militant et pragmatiste, son haut ascétisme intellectuel, sa vaillance sans illusion, sa notion toute séculière de l'héroïsme professionnel.

En dehors même de l'autobiographie à peine voilée qui remplit toute son œuvre, Thomas Mann s'est souvent expliqué sur ses origines et sur sa formation. Fils de négociants en grains établis à Lubeck de père en fils depuis le début du XIXe siècle, mais plus anciennement venus de Nuremberg, il tient de sa mère, Brésilienne de sang mêlé, une hérédité assez différente. Pour l'essentiel, il est bien le fils de cette forte race hanséatique de négociants et d'armateurs, cultivée sans être artiste, libérale et non démocrate, pratique avant tout, mais pieuse, attachée à un idéal de moralité et de responsabilité traditionnelles. Il a passé la majeure partie de son enfance dans la vieille maison que décrit minutieusement le roman des *Buddenbrook* ; mais la délicate héroïne de *Tristan,* et Tonio Kröger, et le petit M. Friedemann, et Hans Gastorp, de *la Montagne magique,* ont grandi dans des demeures familiales très analogues : nobles maisons du XVIIIe siècle à façades régulières percées de hautes fenêtres à frontons flanqués de statues, d'aspect solennel sur la rue, mais qui ouvrent en arrière sur d'étroits jardins, sur des cours plantées de vieux arbres, animées par un jet d'eau solitaire. Il appartient à cette bourgeoisie d'affaires, solidement implantée dans le réel, qui aime le travail et l'argent, mais aussi la vie large, un luxe de bon aloi, les grandes façons dignes et courtoises. Il ne l'a jamais oublié, ni dans sa vie ni dans ses œuvres.

Or cette robuste oligarchie bourgeoise lui paraît présenter des défaillances, des raffinements excessifs, des symptômes de déséquilibre qui préludent aux effondrements individuels et familiaux. Il n'a pas écrit, comme Gustav Freytag jadis, le roman d'une fortune qui s'édifie, d'une maison de commerce qui se fonde. Il n'a pas choisi de chanter les fastes de la bourgeoisie triomphante, mais sa décadence plutôt que sa grandeur. Ici encore un souvenir personnel a été décisif : Thomas Mann a perdu son père fort jeune et c'en a été fait de la maison Mann de Lubeck. Le père mort, les affaires liquidées, la maison vendue,

Mme Mann et ses cinq enfants quittèrent Lubeck pour Munich. Ce désarroi particulier à l'adolescent orphelin et transplanté, mais aussi la clairvoyance qu'en tire un esprit vif et avisé, sont la racine des principales œuvres de Thomas Mann : *les Buddenbrook, Tonio Kröger, la Montagne magique.*

Il voit finir des familles jadis puissantes, il en voit émerger d'autres qui ne lui paraissent pas toujours dignes de leur succès rapide et brillant. Mais les grandes familles de naguère ne périssent pas tout entières ; il surgit parfois de l'une ou de l'autre cet étrange produit de désagrégation qu'on appelle un artiste — un homme qui ne se voue à aucune tâche reconnue, lucrative et classée, un contemplateur, un rêveur, un fureteur aussi, presque maladivement ou criminellement épris d'histoires louches de bas-fonds équivoques, de vérités malpropres ou douteuses. Le romancier, le psychologue est ainsi le produit peu recommandable d'une bourgeoisie en décomposition. Le genre romanesque lui-même, qui est le genre favori des sociétés bourgeoises, comme l'épopée a été celui des sociétés aristocratiques primitives, est à la fois le symptôme et le diagnostic de cet état d'instabilité sociale où tout le XIXe siècle s'est senti vivre.

Thomas Mann croit surprendre la profonde mélodie souterraine qui accompagne en sourdine le brillant épanouissement de la grande bourgeoisie moderne. Elle a passé l'âge naïf de l'expansion instinctive et de la conquête. Même quand elle se l'imagine, elle ne croit plus aux fins pour lesquelles elle lutte et elle travaille. Trois grands penseurs allemands ont deviné ce tragique secret, sans le formuler de cette manière ; ce sont les trois maîtres de Thomas Mann, la constellation sous laquelle il aime à se placer : Schopenhauer, Richard Wagner, Nietzsche. La patrie de son âme, dit-il, c'est la rive du lac des Quatre-Cantons, c'est Tribschen où ces trois astres se conjuguent.

La lecture de Schopenhauer, faite à vingt ans dans sa chambre d'étudiant à Munich, a été pour Mann la même révélation éblouissante qu'elle fut pour Nietzsche au même âge. Il a, de ce jour, admis le pessimisme foncier qui voit la vie cruelle et le monde mauvais, qui renonce d'emblée à introduire dans le réel de la justice ou de la clarté, et qui s'enivre des mélodies de la mort et de la fascination du néant. Dans cette doctrine de renoncement à la vie et à l'action, il a discerné ce que Nietzsche jeune y aimait aussi : « l'atmosphère de rigueur morale, un relent faustien, un goût de mort, de croix, de tombeau ». Et voilà de quel fonds funèbre germeront ces œuvres très vivaces : *les Buddenbrook, Tristan, Altesse Royale* — ou très méditatives : *Tonio Kröger, la Mort à Venise, la Montagne magique.* C'est aussi de Schopenhauer, aggravé par Wagner, par Nietzsche et par Paul de Lagarde, que Mann a tiré plus tard ses pires maximes d'abstentionnisme politique et d'adhésion au militarisme régnant, jusqu'au jour où deux autres penseurs mystiques, Novalis et Walt Whitman, lui ont ouvert un chemin imprévu vers l'idéalisme démocratique et républicain.

Wagner l'a conquis par le sortilège de sa puissante

musique, si schopenhauérienne d'inspiration. Sortilège dont Nietzsche lui a enseigné à discerner les éléments troubles, le pathétique théâtral, le parti pris décoratif et fastueux, mais qui en dépit de toutes les critiques a gardé sur lui un empire absolu : au point qu'une seule mesure de Wagner entendue au hasard suffit à lui causer des transports. Il affirme devoir à ce grand musicien plus qu'à aucun écrivain l'art de la composition architecturale, des parties coordonnées, des motifs repris et fugués. *Les Buddenbrook,* a-t-il écrit, doivent plus à la Tétralogie qu'à l'histoire des Rougon-Macquart.

Il a ultérieurement développé dans deux beaux essais ce qu'il doit à ses deux principaux maîtres : *Souffrances et grandeur de Richard Wagner* (1933) et *Essai sur Schopenhauer* (1938).

Ce que Thomas Mann emprunte à Nietzsche est beaucoup plus circonscrit ; il aime le jeune Nietzsche wagnérien et schopenhauérien de Bâle et de Tribschen ; il admire cette extraordinaire perspicacité psychologique, cet art et ce courage de voir l'homme tel qu'il est, dans sa ruse et dans sa bassesse, ce goût de descendre dans l'eau la plus noire si elle est l'eau de la vérité. C'est donc, outre le pessimisme, une bonne part encore de l'intellectualisme de Nietzsche qu'il admet. Mais il demeure fermé à la grande espérance mystique d'une surhumanité future. Porté au point où Nietzsche l'a poussé, le goût de l'observation lui paraît être « une passion, un héroïsme, un martyre ». C'est cet héroïsme qu'il faut au romancier de nos jours, mais un héroïsme détendu, sans gestes pathétiques ni grandes illusions. Peut-être peut-on aller plus loin encore et, à l'exemple de Nietzsche, esprit lucide, grand destructeur d'illusions, humilier l'esprit et la vérité même devant la vie, exalter l'illusion nécessaire, l'illusion bienfaisante, la force aveugle par où la vie s'accroît et se propage. Voir clair et n'en tirer aucun orgueil, proclamer que vivre vaut mieux que comprendre, mortifier en soi l'orgueil de l'intelligence, c'est là une forme de l'ascétisme bien étrangère au pragmatisme vulgaire ; Thomas Mann en a trouvé chez Nietzsche les premiers linéaments. Lorsque Tonio Kröger, l'artiste aux yeux sombres, admire si passionnément les gens vulgaires, «ceux qui ont les cheveux blonds et les yeux bleus», ceux qui vivent, aiment, travaillent et meurent sans jamais poser de problèmes, il transpose dans sa sphère bourgeoise certains aphorismes de Nietzsche que Mann a aimés. Non que Tonio Kröger ni Thomas Mann croient tout à fait à ce qu'ils affirment, méprisent l'intelligence et l'art autant qu'ils le disent. Mais il y a en eux un doute fondamental qui, ne se traduisant pas en brutalité ni en désespoir, se résout en ironie, en sarcasme léger. De là ce chatoiement des surfaces, ce jeu contradictoire qui donne à l'œuvre du romancier sa richesse nuancée, sa souplesse capricieuse et vivante.

Parmi ses devanciers plus immédiats, Thomas Mann a rendu hommage à toute la lignée des conteurs allemands, qui va de Stifter, de Reuter et de Storn, à Gottfried Keller, à Fontane, à C.-F. Meyer. Il a dit son admiration pour le roman français et anglais, beaucoup plus encore pour les Russes et les Scandinaves dont il parle avec religion. C'est donc une culture très européenne que la sienne, large et libérale, portée avec prédilection vers les problèmes moraux et toute baignée de pessimisme et de musique. « La morale, la bourgeoisie, la décadence, a-t-il écrit, les trois vont ensemble. Mais la musique ne s'y rattache-t-elle pas aussi ? »

*
* *

Nous n'avons pas à redire ici les débuts de Thomas Mann qui datent du collège, sa collaboration par correspondance à diverses revues d'avant-garde, ces premières années un peu incertaines qu'il a racontées avec humour dans un fragment souvent cité[1]. Des nouvelles de qualité aussi rare que *le Petit Monsieur Friedemann* avaient déjà attiré sur lui l'attention du public, quand parut en 1901 l'œuvre qui le classa aussitôt, *les Buddenbrook, histoire du déclin d'une famille.* On a peine à se représenter que ce roman lubeckois a été écrit en majeure partie à Rome, sous l'invocation de Tolstoï et de Tourgueniev, dont les portraits ornaient seuls la table du jeune écrivain, et qu'il a été terminé à Munich, après une brève et malheureuse période de service militaire. Thomas Mann ne put jamais s'habituer au pas de l'oie qui lui causait

1. On le trouvera, par exemple, dans la préface de l'édition française de *Tonio Kröger*, pp. XIV-XVIII.

une inflammation chronique des tendons. Il est dans ces années-là profondément inquiet et troublé, mal adapté et désaxé. Le remède sera de chercher à se comprendre, à s'expliquer à lui-même. Mais un homme ne s'explique que par ses antécédents, physiologiques et psychologiques. C'est ainsi, pour
pour s'absoudre, que Thomas Mann est remonté à quatre générations en arrière, guidé par ses souvenirs et les récits des siens et par le livre de raison conservé dans la famille. *Les Buddenbrook* sont donc plus que la confession d'un homme, la monographie d'une famille lubeckoise à travers tout le XIXe siècle.

C'est de l'ancêtre, Johann Buddenbrook, marchand de grains, fournisseur aux armées de Napoléon, que date la fortune de la famille. Il appartient encore tout entier au XVIIIe siècle, ce commerçant voltairien, sceptique et un peu libertin, qui porte élégamment la perruque, le jabot et la tabatière d'or, parle vaguement le français, aime les petits vers gaillards, soigne avec amour son jardin à la française. Il s'en va magnifiquement conclure des marchés aux environs dans sa calèche à quatre chevaux et fait prévaloir dans sa maison son autorité rude et patriarcale, tout à fait dénuée de sentimentalité. Mais dès la génération suivante on voit agir des influences toutes différentes : un grand souffle de tendresse sentimentale et humanitaire, venue un peu tardivement de Rousseau, de Gœthe et du piétisme, passe sur ces égoïsmes élégants, attendrit ces âmes impérieuses. Johann II, le consul, est libéral, constitutionnel à la mode de 1830 ; il s'enthousiasme pour des entreprises d'intérêt général ou d'éducation populaire : le Zollverein, les écoles techniques. Fils d'un athée, il est, lui, un croyant intègre ; sa femme est d'une piété plus exaltée, s'entoure de missionnaires et de dévots, pratique une ardente charité. Cela sans aucun ascétisme : on continue de mener dans la maison des Buddenbrook une vie large et fastueuse, nourrie de tous les biens de la terre. Les familles demeurent nombreuses, les mœurs patriarcales, les repas copieux ; on y aime les fêtes de famille et les grandes réceptions. Aucun symptôme de dégénérescence. Cependant, les signes du mal apparaissent à la troisième génération, celle du père de Thomas Mann, avec une profusion effrayante et soudaine.

Thomas Buddenbrook, sénateur et bourgmestre en second, est un personnage plus officiel encore, plus imposant d'aspect que son père et son grand-père. Mais son frère Christian est un dévoyé, un bohème, et sa sœur Toni, versatile et charmante, d'humeur inquiète et instable, deux fois mal mariée, donne elle aussi des signes de déséquilibre, malgré sa grâce insouciante et vivace. Thomas lui-même, le plus élégant et le mieux doué des Buddenbrook, et celui qui a conquis la plus grande situation, est rongé par un mal secret, un mécontentement chronique de lui-même et des autres. Une sorte de stoïcisme le tient debout — ce stoïcisme calviniste qui est, selon Ernst Trœltsch, l'âme du capitalisme bourgeois — mais il ne croit plus aux idéaux d'ordre, de travail, d'économie, de probité, qui sont la tradition de sa race ; il ne supporte plus la vieille maison familiale, en construit une plus riante et plus moderne pour sa jeune et jolie femme ; il s'entoure d'une société d'officiers, d'acteurs, de musiciens, qui n'ont rien de commun avec son milieu héréditaire. Des nuances nouvelles de pensée et d'art, profondément étrangères à sa race, s'insinuent en lui et lui inspirent le doute à l'endroit des vertus ancestrales. En lui la bourgeoisie riche, cultivée, affinée, a passé l'apogée de sa vigueur ; elle s'amenuise et se débilite par une culture esthétique contre laquelle elle n'est pas immunisée. Elle dégénère, non par le désordre passionnel — ce qui est une forme latine de la décadence — mais par la dégradation spontanée de l'énergie intime, par pessimisme instinctif.

Si Thomas Buddenbrook offre à ce danger une certaine résistance, au moins apparente, son frère Christian sombre dans la débauche et les excentricités macabres, dans les cabarets où il mène une existence déshonorée de mime et de pitre. Une grande et belle scène met aux prises les deux frères dissemblables atteints au fond du même mal. Thomas semble triompher, mais un autre fléau le guette, fléau bien allemand, qui est l'abus de la musique. La belle Mme Gerda Buddenbrook groupe autour d'elle un cénacle de musiciens passionnés qui exclut Thomas comme trop profane. Il devient complètement étranger aux siens, sauf peut-être à son fils Hanno, dont la sensibilité délicate devine cette souffrance taciturne. Mais c'est Thomas qui ne comprend pas l'enfant maladif et frileux, brimé par ses camarades, rudoyé par ses maîtres, qui se console à son piano, où il passe des heures à improviser sans fin.

C'est ainsi que Thomas Buddenbrook, riche, influent, considéré, mais désespéré, privé de point d'appui intérieur et n'en trouvant plus chez les siens, n'a plus qu'une ressource : mourir. Pour lui prêter toutefois dans la mort une consolation et une transfiguration dernière, Thomas Mann lui a donné, comme au plus cher de ses enfants — celui qui lui est à la fois « fils, père et sosie » —, l'expérience haute de la lecture de Schopenhauer, un jour d'été, dans un volume trouvé par hasard au jardin. Tout s'éclaire alors pour lui : il lui apparaît qu'il y a un remède à la vie, un repos définitif où nous allons tous, en dépit ou en vertu de nos efforts, une issue certaine à l'enchaînement cruel des causes. Rien n'existe que l'instant présent. Le monde même est une illusion, une construction de la volonté. Ne plus vouloir vivre, c'est le secret de ne plus souffrir. Toutes les images qui nous tourmentent s'évanouiront quand nous fermerons les yeux, et rien de nous ne sera plus. C'est pour lui le narcotique, la délivrance, la musique éternelle. Il est désormais prêt à mourir — d'une mort d'ailleurs accidentelle et laide qui le couche dans la neige, la face dans la boue, ses gants blancs souillés de fange et de sang, un jour qu'il se rendait chez le dentiste. Après lui la dissolution est rapide : son fils Hanno, le dernier de sa race, qui se détruit physiquement et nerveusement par l'abus de la musique, meurt à quinze ans. Il ne reste plus que des femmes pour le pleurer.

Ainsi s'achève l'évolution de la famille Buddenbrook, entièrement menée, comme on le voit, par des forces psychiques. La bourgeoisie allemande d'avant 1914 était-elle vraiment aussi énervée que Thomas Mann nous l'a peinte ? L'objection lui a été faite même en Allemagne. Il a répondu que, n'ayant pas vécu à Berlin, il n'a pas vu de très près le délire des grandeurs, la fièvre de spéculation, le vertige des milliards, qui ont caractérisé « l'ère de plomb » d'après 1871. Les villes hanséatiques, fières de leur ancien passé, un peu à l'écart du Reich et tournées vers la mer, n'ont guère bénéficié, selon lui, de la fortune impériale de la Prusse. Elles ont, d'autre part, conservé des coutumes patriarcales, une urbanité républicaine, très différente du ton rogue et militaire de Berlin. Quant à Munich, c'est une autre sorte de grande ville d'eaux administrée par un comité des fêtes, c'est la ville artiste et un peu dissolue que Thomas Mann a stigmatisée deux fois, tout en l'aimant, dans *Gladius Dei* et dans *Fiorenza.*

Surtout, il faut dire que ce roman est un mythe, une légende épique très nourrie de réalité, mais symbolique, ne fût-il que par sa catastrophe finale. Il dépeint le crépuscule de la bourgeoisie, sans qu'on voie au juste ce qui la remplacera, sinon une autre bourgeoisie de richesse plus récente, donc plus rustique et plus brutale. Il y aurait grand intérêt à comparer *les Buddenbrook,* non pas tant aux *Rougon-Macquart,* œuvre plus touffue mais plus superficielle, qu'au cycle romanesque où Galswortly a décrit le déclin d'une grande famille bourgeoise de l'ère victorienne, *la Saga des Forsyte*.

*
* *

Thomas Mann a voulu, après cet essai d'analyse destructrice, tenter lui-même de reconstruire. *Tonio Kröger* en est une première tentative, bien tâtonnante encore. *Altesse Royale* est plus affirmatif. Mais le charme de Tonio Kröger, c'est sa jeunesse pensive et repliée, son grand rêve triste et tendre. Mann a dit de cette nouvelle qu'elle est une ballade en prose, un lied sur le violon des *Buddenbrook,* comme *Tristan* est un prélude à *la Montagne magique.* C'est surtout une précieuse confession. Tonio Kröger, au nom germano-latin, fils d'un consul lubeckois et d'une créole, tourmenté par sa double hérédité, inadapté, artiste, c'est un nouveau sosie de l'auteur. Mal fait pour la vie pratique, mais d'un jugement très lucide, il est plein d'ironie à l'égard de lui-même et de l'existence. Ceux qu'il faut admirer, il le déclare, ce sont les vivants simples et sains, aimables et heureux, ceux qui n'auront pas un regard pour l'artiste aux yeux brûlants, aux joues creusées par la pensée. Pourtant la joie italienne, au milieu de laquelle il est transporté, lui fait mal et l'exaspère. «Toute cette *bellezza* m'énerve», dit-il. Il préfère les pays du Nord, le Danemark aux grands horizons marins, aux campagnes silencieuses et fraîches. Mais, déraciné et orphelin, il sera seul partout, seul comme les héros indécis de Storm et de

Jacobsen auxquels il ressemble. « Vous êtes, lui dit son amie Lisaveta, un bourgeois dévoyé. » Et lui de renchérir : « Un de ces hommes qui s'égarent nécessairement, parce qu'il n'y a pas pour eux de vrai chemin. » Il lui reste de comprendre et de sourire, et d'aimer secrètement cette vie vulgaire qui l'a traité en marâtre : « Cet amour, dit-il, est bon et fécond. Il est fait d'aspirations douloureuses, de mélancolique envie, d'un peu de dédain et d'une très chaste félicité. » Beaucoup plus tard, Thomas Mann a esquissé une figure bien différente de bourgeois dévoyé, celle du chevalier d'industrie Félix Krull. Mais, pour bien marquer le lien, c'est à Tonio Kröger qu'il a prêté l'aventure dont il a été lui-même le héros, un jour où, de passage dans sa ville natale, il faillit être incarcéré comme escroc en rupture de ban, le signalement du malfaiteur s'appliquant à lui de tout point. Façon plaisante de dire que l'artiste est aux yeux de la société bourgeoise un scandale, une exception, un danger. Tonio Kröger, pourtant, n'a rien d'un aventurier. Nulle par Thomas Mann n'a exécuté de variations, avec plus de virtuosité délicate et tendre, sur ce thème qui lui est cher entre tous : grandeur et misère de l'artiste dans la société contemporaine, son infériorité pratique et sa lucidité supérieure, son renoncement nécessaire et sa pénétrante ironie. Le même problème remplit la plupart des autres nouvelles où l'on voit de touchants grotesques ou de tendres cœurs, supérieurs à ce qui les vainc, de graves disgrâces physiques jointes aux dons de l'esprit et du caractère, et toujours le triomphe de la vie pratique, de la jovialité un peu grosse, de la santé et de la médiocrité vigoureuse.

Königliche Hoheit (*Altesse Royale*), en 1909, est d'un genre plus tempéré. Abstraction faite de la peinture amusante, à peine caricaturale, d'une petite cour falote à l'aube du XXe siècle, que peut signifier l'idylle de Klauss Heinrich, jeune prince un peu endormi, et de la belle milliardaire américaine ? Nous avons affaire ici, d'après Mann, à une allégorie, à une comédie sous forme de roman, à un conte de fées plein d'intentions didactiques. Cette existence princière, toute en cérémonies et en représentation, qui ne touche jamais aux choses mais à leurs signes, qui se contente de gestes et ignore le travail, cette vie si profondément anachronique, c'est un symbole de l'existence artiste, comme elle étrangère au réel. Mais il faut un jour redescendre dans le concret, dans l'ordre, dans le travail. C'est ce que sent très confusément le prince Klauss Heinrich. Deux forces le ramèneront sur la terre : l'amour, un simple amour d'homme, et le besoin de servir, le désir d'être utile aux hommes de sa race. Les millions de l'Américaine, et les leçons d'économie politique qu'elle donne au prince, favoriseront puisamment ce dernier dessein. Mann estime que c'est là une moralité allemande, celle de Faust et de Wilhelm Meister. On n'est pleinement un homme que si l'on accepte de servir les hommes.

Telle est, pour un prince, la morale du despotisme éclairé, encore que ce ne soit pas tout à fait de la démocratie, comme le croit Mann. L'histoire est contée avec beaucoup de charme, depuis l'enfance du héros dans le palais délabré aux greniers immenses, aux cours mal pavées, aux jardins négligés et touffus, jusqu'à l'idylle avec la jolie Américaine mathématicienne et amazone, si droite, si sûre, et qui se fait avec tant de grâce l'éducatrice exigeante du faible et bon Klauss Heinrich. Pour la première et la seule fois, un roman de Thomas Mann décrit un bonheur, une réussite, un foyer qui se fonde. On en a voulu reporter l'honneur au propre mariage de l'auteur, contemporain du livre, et y voir un discret hommage à Mme Thomas Mann, qui semble bien avoir prêté quelques traits à l'Américaine Imma Spœlmann.

Tout autre est l'atmosphère de *la Mort à Venise* (1911). Le romancier Gustav Aschenbach n'est pas un Tonio Kröger hésitant ; c'est un écrivain d'âge mûr, de renommée européenne. Mais parce qu'il a une sensibilité d'artiste et parce qu'il a passé le milieu de la vie, il sera plus sujet qu'un autre à de brusques déraillements, au délire qui mène à la mort. La fascination mortelle que peut exercer la beauté physique, celle que Platen a chantée dans les vers célèbres :

Wer die Schönheit angeschaut mit Augen,
Ist dem Tode schon anheimgegeben[1]...

tel est le sujet que Mann s'est proposé. L'image qui

1. Celui dont les yeux ont vu la beauté
A la mort dès lors est prédestiné...

s'est d'abord présentée à lui, c'est celle de Gœthe septuagénaire, épris d'une enfant de dix-sept ans, s'escrimant pour elle à des prouesses juvéniles, désespéré de son refus. Mais il fallait un dénouement tragique et un personnage moins historiquement donné. C'est alors que pendant son séjour à Venise, apprenant la mort du compositeur Gustav Mahler, Mann a inventé le personnage de Gustav Aschenbach qui a le prénom et le masque du musicien, et dont l'aventure est liée au charme maléfique de Venise. Pour le reste, c'est un écrivain assez proche de Thomas Mann lui-même, un romancier de l'énergie triste et de l'héroïsme passif, le moins fait, semble-t-il, pour cette passion folle et fatale qui le saisit lorsque paraît sur la plage le gracieux adolescent polonais, occupé à construire avec ses sœurs des châteaux de sable. Cet empire absolu qu'exerce sur lui la beauté juvénile accomplie, tantôt il s'en épouvante et tantôt il s'en excuse ; jamais d'ailleurs il n'osera même adresser la parole à l'enfant qui n'a, de son côté, pour l'homme taciturne et fatigué, qu'un regard étonné de ses yeux d'or à longs cils. Mais parfois l'écrivain croit entendre Socrate sous le platane expliquer au jeune Phèdre ce qu'est l'Éros charnel, image et symbole de l'Éros spirituel, et comment il nous faut aimer la beauté, la seule entre les idées qu'il nous soit donné de contempler avec nos yeux de chair. Ce profil de jeune Apollon dédaigneux, ces attitudes exquises, comment ne se transposeraient-ils pas en rythmes harmonieux, en phrases dont l'exacte proportion, le bel équilibre seraient justement ceux de ce corps parfait? Ainsi rêve Gustav Aschenbach, tandis que dans l'atmosphère humide et lourde, le sirocco promène des relents de vase, des miasmes fétides. Enfermé dans son idée fixe, il ne voit pas l'hôtel se dépeupler, les étrangers partir en hâte, il n'écoute aucun avertissement, ne sent pas l'odeur obsédante d'iodoforme, n'entend pas les bruits sinistres qui circulent. La peste fait à couvert son œuvre de mort, et quand elle emporte à son tour l'écrivain, c'est d'un dernier sourire qu'il salue l'enfant adoré, dressé, pâle et souriant, sur un fond de mer — statue mystérieuse et charmante de l'Éros funèbre qui ramène à la mort et à la nuit l'âme désemparée.

*
* *

Tonio Kröger, la Mort à Venise sont deux menus chefs-d'œuvre très romantiques d'inspiration, ceux où Thomas Mann a donné, sous le plus petit volume, le plus de lui-même. Il songeait dès 1913 à une œuvre de plus grande envergure qui est devenue avec le temps le *Zauberberg* (*la Montagne magique*). Je ne pense pas qu'on puisse faire abstraction, dans l'intervalle, du gros recueil d'essais publié en 1918 sous le titre de *Considérations d'un apolitique*. Non que la lecture en soit des plus agréables, mais elle est nécessaire même pour comprendre ce dernier roman. Comme beaucoup d'autres écrivains — on ne saurait lui en faire un crime — Thomas Mann a voulu pendant la guerre contribuer à la défense morale du pays. Mais tandis que son frère Heinrich croyait mieux servir la cause nationale en tendant la main aux démocraties d'Occident, en appelant l'attention de l'Europe sur la poignée de républicains allemands qui poursuivaient dans la guerre et par la guerre la chute des institutions impériales, Thomas Mann, tout en se disant *apolitique,* se solidarisait passionnément avec l'Empire, l'armée, la politique impériale. Il n'y a pas d'excès qu'il n'ait approuvés : violation de la Belgique, exécution de Miss Cavell, torpillage du *Lusitania,* guerre sous-marine — le tout au nom d'un nietzschéisme travesti, d'une moralité soi-disant tragique fondée sur la sainte Nécessité, et supérieure à la moralité juridique et chicanière des Occidentaux.

Ce qui l'occupe, c'est le problème toujours vivant dans la littérature allemande, de Fichte à Paul de Lagarde, à Wagner, à Nietzsche : *Was ist deutsch?* Ce qui est allemand, ce qui n'est pas latin, selon Mann, c'est la culture, c'est-à-dire l'harmonieux développement de l'âme et de l'esprit ; c'est la musique, art de l'inexprimable ; c'est le protestantisme, religion de l'individu ; c'est la tolérance et la notion du devoir. Tout cela trouve satisfaction dans un état où l'activité politique est réduite au minimum et confiée une fois pour toutes à des techniciens qu'on estime capables et que l'on ne contrôle pas dans le détail. Ce qui est latin, au contraire, c'est la civilisation, le développement exclusif de l'esprit aux dépens de l'âme ; c'est l'éloquence et la littérature, arts tout formels et superficiels ; c'est le catholicisme, religion des masses ; c'est l'intolérance doctrinaire, c'est l'indiscrète et puérile notion du droit. Au fond, l'esprit latin est fait de politique ; il est donc démocratique par essence, puisqu'il suppose que tous et chacun aient un intérêt et une responsabilité aux affaires de l'État. Il est, de plus, optimiste, car pour agir il faut croire à l'efficacité de l'action. L'âme germanique, musicienne et métaphysicienne, et foncièrement pessimiste, refuse un progrès qui irait «de la musique à la démocratie».

De tout temps l'Allemagne a protesté contre Rome : la Rome de César et celle des papes, et contre ce dernier imperator qui s'est appelé Napoléon. En 1914, c'est contre l'idéalisme latin qu'elle s'est soulevée et contre la décomposition latine aussi. Car «le germanisme, c'est la culture, l'âme, la liberté, l'art — et non la civilisation, la société, le droit de vote, la littérature». Les Allemands n'ont pas besoin d'idées claires, de formules rationnelles et juridiques, de vertu codifiée et figée, ils suivent la voix profonde du cœur et de l'instinct national, du sentiment fidèle. Ils vivent sur un plan tragique, dociles à une fatalité qui les dépasse, absous par leur héroïsme de ce que les juristes appellent des crimes. Ainsi Thomas Mann fait gloire à ses compatriotes de ce qui est leur pire faiblesse : leur défaut d'esprit critique dans l'action, leur inexpérience et leur impuissance politiques.

Nous ne nous attarderons pas à démolir ces antinomies bâties à coups de sophismes et toutes pénétrées de contradictions. Voilà ce que c'est que de choisir pour maîtres de sa pensée politique des philosophes, des musiciens, des esthètes. Or, il est arrivé que cette république tant méprisée, cette démocratie objet de ses brocards, Thomas Mann s'est pourtant rallié à elle, en 1922, après quatre années de pénibles luttes où il est apparu que le régime impérial était définitivement condamné. Dès 1917, il acceptait comme un mal nécessaire la démocratisation de l'Allemagne après la guerre, mais il la concevait dans le cadre impérial. En 1922, au lendemain de l'assassinat de Rathenau, il a su avec un certain courage expliquer aux étudiants berlinois sa position nouvelle. Il entend ne rien laisser perdre de cette *humanitas* allemande dont il est fier, mais il tient aussi à la couleur allemande de cet humanisme. L'idée même de nation, plus poétique et plus émouvante que celle d'État, lui paraît être un idéal romantique — donc germanique — une teinte individuelle et sentimentale prêtée à la collectivité en même temps que «l'élément romantique du moi». Puisque la guerre moderne est mensonge et brutalité pure, et que nous ne croyons plus au dieu des batailles, il est temps, affirme Mann, de déclarer l'Europe en république dans la mesure où cela garantit le développement pacifique des nations. Mais pour appeler l'adhésion des cœurs allemands, qu'on ne leur parle pas d'une république jacobine à la française; ils ne pourront aimer qu'une république sentimentale et religieuse, celle que Novalis appelait de deux beaux noms: l'Europe ou la chrétienté. Puisque les maîtres anciens de l'Allemagne ont trahi la confiance traditionnelle qu'on avait mise en eux, il faut changer de système:

que chacun accepte, comme une charge austère et comme un devoir, une part de la responsabilité nationale.

Cette démocratie fondée sur des devoirs et non sur des droits, c'est celle que Luther ou Kant auraient pu approuver, celle que rêvait Novalis, celle que glorifie le chœur final des *Maîtres Chanteurs*. On peut donc la dégager d'une tradition purement allemande et qui ne devra rien, semble-t-il, à la tradition gréco-latine d'Occident. Lorsque Mann découvre et proclame que « le nom moderne de l'humanité c'est démocratie », il paraît oublier que c'était son nom athénien et que la république athénienne n'a jamais méprisé les Muses ; pas plus qu'il ne daigne se souvenir de tout ce que l'idée même de nation doit à la Révolution française.

Ajoutons qu'il n'en est pas resté à ce stade encore élémentaire de la pensée libérale et démocratique. A travers les quatre volumes d'essais publiés entre 1929 et 1933 on peut suivre l'évolution qui mène l'écrivain à prendre position, de façon de plus en plus nette, contre la folle idéologie qui peu à peu imprégnait l'Allemagne de son venin. La conclusion logique de ses convictions, il l'a tirée le jour où il a quitté l'Allemagne pour prendre le douloureux chemin de l'émigration. Ce fut d'abord la France, puis la Suisse, enfin les États-Unis où Thomas Mann sembla bien avoir trouvé sa patrie définitive.

La Montagne magique, paru en 1924, est le témoin de cette crise de conscience à son début. Peut-être n'est-ce pas un excellent roman... Peu nous importe. Ces théories politiques ou antipolitiques ne nous arrêteraient guère si elles n'étaient explicatives du dernier roman de Thomas Mann. Peut-être n'est-ce pas un excellent roman, mais c'est un livre attachant et profond, plein d'expérience et de pensée, un de ces livres où se dépose la maturité d'un homme et le fruit d'une vie. Roman de sanatorium, le genre n'est pas neuf. Mais ce qui se passe au cours de ces douze cents pages, c'est avant tout l'éducation d'un homme, le jeune Hans Castorp, retenu sept ans sur la montagne magique par le double effet d'un mal physique assez bénin et d'une passion plus dangereuse pour une Slave énigmatique, douce et fantasque. On connaît la prédilection des Allemands pour ce type de roman qui décrit la formation d'un caractère. *La Montagne magique* a été rapproché de *Wilhelm Meister* et de *Henri le Vert*. Oui, mais Wilhelm Meister et Heinrich Lee apprennent la vie en la vivant ; Hans Castorp l'apprend en ne la vivant pas, voyant beaucoup mourir, et surtout à l'aide d'infinies discussions théoriques avec ses compagnons de réclusion et d'infortune. Malgré l'intérêt et la vivacité des interlocuteurs, elles surchargent un peu le roman, en ralentissent, en épaississent le cours. Le don de vie si manifeste dans *les Buddenbrook* semble avoir baissé au profit de la dialectique, d'une dialectique bien abondante chez un auteur qui fait profession de mépriser l'éloquence.

Hans Castorp est « un jeune homme ordinaire », un jeune homme comme il y en a beaucoup, riche, bien élevé, correct, assez instruit, plein de bonne volonté.

POSTFACE

Ce n'est ni un Tonio Kröger ni un Gustav Aschenbach : il ressemblerait plutôt au prince Klauss Heinrich. C'est un peu par hasard qu'étant allé faire une visite à son cousin Joachim à Davos, il se sent éprouvé par l'air vif de l'altitude, obligé de s'aliter, de se faire ausculter — et contre toute attente se trouve confiné lui aussi dans cette région paradoxale où l'on vit à 1 000 ou 1 500 mètres au-dessus des vivants, dans un paysage de neige et de glace où le cours même des saisons est bouleversé, où le temps semble immobile et lui aussi congelé. Venu de la côte de l'Allemagne, de la grande cité maritime et commerçante, il s'acclimate avec peine à cet air rude et pur, à cette existence d'oisiveté perpétuelle et de méditation sans frein. Quel est ce monde étrange où l'on danse et patine avec un pneumothorax artificiel ; où la fièvre quotidienne surexcite l'appétit sensuel, où une jolie femme offre en souvenir à un ami la radiographie de son thorax ? La vie brillante et funèbre du sanatorium tourne sans fin sur elle-même avec son apparence menteuse de luxe et de gaieté, ses allures de grand hôtel, sa chère abondante et délicate, les distractions mondaines qui font partie du traitement, sans compter celles qui y sont contraires. Mais c'est un carnaval de la mort, une danse macabre sans commencement ni terme. Médecins cyniques, infirmières racornies par le métier, malades plus ou moins hystériques, embrasés, fanfarons ou désespérés, mourants fardés, morts qu'on emporte de nuit, chambres désinfectées en hâte, où les malades remplacent les morts de l'avant-veille : c'est dans ce tourbillon que se trouvent entraînés à leur corps défendant deux jeunes gens pleins de simplicité et de vertus bourgeoises, naïfs et purs, et que guettent bientôt des rêveurs fanatiques, désireux de les conquérir à leur idée fixe. A gauche, Settembrini, le carbonaro, l'aimable et brillant causeur à la verve entraînante, le champion infiniment généreux et séduisant de cette civilisation latine, humanitaire et juridique, de cette démocratie rationaliste d'Occident que Thomas Mann a tant haïe pendant la guerre; à droite, le noir jésuite Naphta, Juif galicien de naissance, dévoré d'ambition et de fanatisme, apôtre de la culture, si l'on veut, mais d'une culture mystique et dominatrice qui irait jusqu'au terrorisme dans son cruel amour des âmes.

Impossible de donner ici une idée de ces infinies passes d'armes entre les deux adversaires inséparables, rapprochés par un mal commun; on peut tout au plus en énumérer les thèmes: la vie et la mort, la santé et la maladie, le progrès et la tradition, la littérature et la musique, la guerre et la paix, la science et la foi, la démocratie et la théocratie, l'Église et l'État, le protestantisme et le catholicisme, le capitalisme et le socialisme, l'ascétisme et la volupté, la franc-maçonnerie, la peine de mort, l'arbitrage international, etc., etc. Joachim, le jeune officier simple et droit, déserte ce monde de fous et, mal guéri, meurt de ses premières manœuvres. Mais Hans se débat sept ans contre ces influences contradictoires: rationalisme latin et mysticisme médiéval incarnés en Settembrini et Naphta; charme sensuel de l'Orient que personnifie Mme Chauchat, la Russe indolente aux beaux bras, aux attitudes affaissées, la Vénus morbide de cette montagne enchantée ; et enfin force dionysiaque de la vie instinctive et obtuse, que représente l'énorme, le puissant, l'informe Mynheer Peeperkorn, sorte de Silène ivre et glouton, majestueux et bégayant.

Hans Castorp est Allemand, donc porté à la métaphysique et aux lentes ruminations d'idées. Aucune des sciences spéciales qu'il étudie tour à tour et dont l'auteur n'entend pas nous faire grâce — anatomie, pathologie, botanique, astronomie — ne lui résout l'énigme de l'univers. Les discussions de ses compagnons lui paraissent souvent superficielles, leurs points de vue étroits et exclusifs. La vérité lui vient de faits et de sentiments plus simples. S'il apprend à penser, sur la montagne enchantée, il y apprend aussi à aimer, à se dévouer aux plus malades que lui, aux isolés, aux mourants. Entre la vie et la mort, la chair et l'esprit, la raison et le mystère, nous n'avons pas à choisir, mais à arbitrer, à concilier ; c'est l'œuvre par excellence de l'Allemand, homme du juste milieu, de la « belle moyenne », du sentiment compréhensif, qui sait que toute conciliation s'opère aisément dans la bonté, dans l'amour.

Telles sont les conclusions que Hans Castorp entrevoit, un jour que, perdu dans la neige, il se croit tout proche de la mort : « Je ne me rallierai pas au parti de Naphta, ni à celui de Settembrini ; ce sont deux bavards. L'un sensuel et cruel, l'autre qui ne se sert de sa raison que pour jouer toujours le même air, et s'imagine pouvoir raisonner des fous... Je n'adopterai pas les idées du petit Naphta dont la religion est un *guazzaboglio* de Dieu et du diable, de bien et de mal, où l'individu n'a plus qu'à se jeter tête baissée. Singuliers pédagogues avec leur éternelle question de préséance ! La mort ou la vie, la maladie ou la santé, l'esprit ou la nature : sont-ce là des antinomies ? Je le demande : sont-ce même des problèmes ? Non, ce ne sont pas des problèmes et il n'y a pas là de préséance à régler. La mort avec tout son dévergondage est installée au cœur de la vie, il n'y aurait pas de vie sans elle, et la place de *l'homo Dei* est entre elles deux, à mi-chemin du dévergondage et de la raison ; de même que l'État est un moyen terme entre la communauté mystique et l'individualisme creux... L'homme est plus noble que la mort et trop noble pour elle : il est par là libre d'esprit. Il est plus noble que la vie et trop noble pour elle : il est par là libre en son cœur... Je serai bon. Je ne permettrai pas à la mort de régner sur mes pensées. C'est en cela que consistent la bonté et l'amour... L'amour s'oppose à la mort, seul il la dépasse, ce que ne fait pas la raison. Lui seul et non la raison suggère des pensées de bonté... Je me souviendrai que le culte de la mort n'est que cruauté et misanthropie, si c'est lui qui détermine nos pensées et nos actes. Au nom de la bonté et de l'amour, l'homme doit interdire à la mort de régner sur ses pensées. »

Ainsi se trouvent vaincues à la fois la séduction de la raison pure, celle du mysticisme à l'espagnole, et ce charme plus pervers d'une sensualité slave affranchie de toute règle et de tout effort. Hans Castorp a retiré de tant d'heures de méditation, de tant de discussions acharnées, un gain viril, une résolution sûre. Tandis que l'ardent Naphta se consume dans l'impuissance, cherche la mort dans un duel et, dédaigné par l'adversaire, tourne son revolver contre lui-même ; tandis que le Hollandais massif, sûr d'avoir épuisé les joies de la vie, absorbe un poison savant que lui tient en réserve son serviteur malais ; tandis que Settembrini décline, pauvre, courageux et souriant comme toujours, et que Mme Chauchat repart vers ses destinées incertaines — Hans Castorp comprend que si la valeur des idées n'est jamais que relative, celle des personnalités est seule décisive, que si nous avons tous notre « tache humide », notre fièvre infectieuse, il reste de nous entraider et de nous entr'aimer, sans phrases. La liberté de l'esprit est supérieure à la mort, mais la piété du cœur vaut mieux que la vie ; telle est la leçon de *la Montagne magique.* Et puis il ne s'agit pas de vivre toujours dans cette serre froide, dans ce monde de cristal et d'acier, de glace et de neige : il faut un jour redescendre dans le monde des vivants. En juillet 1914, l'appel de la vie, qui est aussi, et à plus forte raison, l'appel de la mort, fait sortir le héros de sa caverne enchantée. Brave, simple et résolu, il rentre dans le rang sans beaucoup réfléchir, parce que c'est la loi. Nous le perdons de vue au moment où, dans le brouillard des Flandres, il marche à une mort presque certaine en chantant le *Tilleul* de Schumann :

Les feuilles bruissantes
Semblaient me dire encor...

Mais peu importe qu'il survive ou succombe, puisqu'il est parvenu à la sagesse, à la résolution de vivre utile, puisque son pessimisme s'est mué en dévouement actif. Le livre se clôt sur une dernière question angoissée de l'auteur au destin : « De cette orgie de mort universelle, de cette fièvre maligne qui embrase l'horizon pluvieux du soir, verrons-nous jamais surgir l'amour entre les hommes ? »

*
* *

La Montagne magique et *les Buddenbrook*, avec quelques nouvelles, composent un tableau vivant de la bourgeoisie allemande dont Thomas Mann lui-même est issu. Mais que vaut ce tableau ? Est-il sincère ? Est-il vrai ? Est-il impartial et complet ? La sincérité de Thomas Mann ne fait pas de doute, pas plus que celle de son frère Heinrich, qui a tracé de la même période une image très différente. Mais peut-être les deux peintures gagneraient-elles à être complétées et corrigées l'une par l'autre. Pour l'un des frères, l'Allemand est avant tout l'homme de la vie intérieure, condamné à être méconnu parce qu'il manque de grâce et de moyens d'expression. Tous les problèmes, il les prend à cœur, les tourne et les retourne en lui jusqu'à ce qu'il s'en trouve empoisonné comme Thomas Buddenbrook, ou délivré et fortifié comme Hans

Castorp. Il n'apporte jamais dans l'action cet élan instinctif, cette allégresse ingénue qui est la qualité des peuples jeunes et des tempéraments méridionaux. Un perpétuel débat entre lui et sa conscience alourdit et ralentit sa vie instinctive, sauf quand s'impose à lui une grande nécessité tragique, d'ordre individuel ou collectif, à laquelle il obéit alors sans hésiter, avec résolution et fatalisme. Il n'est pas le favori de la vie, mais son enfant mal venu, source de perpétuels soucis (*das Sorgenking des Lebens*). Sa mélancolie incurable et profonde lui inspire aussi son pessimisme, son aspiration secrète au néant, sa passion de la musique — mais se concilie fort bien avec une vie de labeur et de dévouement, le travail étant à sa manière un narcotique, et l'action utile ou charitable un calmant pour les âmes trop sensibles au malheur commun des hommes. Cette disposition générale du caractère, que Thomas Mann qualifie de romantique ou de germanique, les deux termes étant pour lui équivalents, s'oppose au tempérament latin, lucide et volontaire, logique et jouisseur. Elle est la grandeur certaine de l'Allemand et sa secrète faiblesse, son heur et son malheur, son destin en un mot. On peut l'observer mieux qu'ailleurs dans la classe bourgeoise qui forme dans tous les États modernes, mais en Allemagne surtout, le noyau solide de la nation et le centre de sa vie intellectuelle et morale.

Heinrich Mann est moins exclusif ; ce sont toutes les classes de la nation qu'il a voulu peindre dans son grand cycle de romans (*Der Untertan, Die Armen, Der*

Kopf) : bourgeoisie, prolétariat, chefs militaires et politiques. Il lui a semblé qu'une folie passagère avait saisi ce peuple un peu lourd, enivré de ses succès de 1864 à 1871. Une frénésie de jouissance, un débordement d'impérialisme économique, politique et militaire a transformé les dirigeants et les sujets en autant de bêtes de proie ou de profiteurs cyniques et rampants. On n'a voulu d'autre justification que la force, d'autre idéal que le succès. Quand la catastrophe est venue, elle était nécessaire et tout l'édifice orgueilleux mais vermoulu de la puissance allemande s'est effondré à la fois. Il y avait donc quelque chose de pourri en Allemagne, c'est bien l'avis des deux frères. Mais où l'un voit démoralisation, brutalité et servilité, l'autre aperçoit hypermoralisation, raffinement excessif et anarchie. Ainsi les opinions divergent en fonction du tempérament et de la philosophie de chacun, sans qu'il nous soit interdit d'adopter une part de l'une et de l'autre pour constituer la nôtre à notre tour. Si Thomas Mann, meilleur psychologue, discerne avec plus de subtilité certaines causes morales de décadence chez l'individu cultivé, nul doute que Heinrich Mann, meilleur sociologue, n'ait une vision plus large et plus juste des réalités sociales, des entraînements collectifs, des grands courants généraux d'intérêt ou d'ambition. Ajoutons que la grande bourgeoisie de l'industrie et des affaires, c'est Heinrich Mann et non Thomas qui l'a observée et peinte. Le domaine de Thomas, c'est la vieille bourgeoisie patricienne des villes libres.

Mais un romancier n'est pas tenu d'être strictement

documentaire ; il est peu de chose s'il n'est que cela. Quelle est la valeur d'art de cette œuvre ? Elle nous apparaît grande surtout dans les nouvelles et dans *les Buddenbrook*. Les nouvelles de Thomas Mann ont le raccourci dramatique, l'intensité d'atmosphère, rêveuse ou tragique et plus souvent humoristique, nécessaires à ce genre difficile. Il se peut bien que Thomas Mann ait mis là le meilleur de sa verve ironique et de sa sensibilité musicale, de son émotion discrète et dominée, qui se drape volontiers d'un sarcasme. *Les Buddenbrook* sont un des meilleurs romans de langue allemande, par l'ampleur de leur construction aérée et solide, par la vie intense des nombreux personnages, par un sens tragique du destin familial, tel qu'il se dégage de la simple succession des générations. *Altesse Royale*, à côté, semble d'une vérité à la fois plus moyenne et plus fantaisiste. *La Montagne magique* est un roman riche et fort, mais nous avons dit comment l'intérêt romanesque y est submergé par une réflexion débordante, indiscrète, qui s'épanche en considérations théoriques sans fin, réparties sans nécessité véritable entre les interlocuteurs singulièrement loquaces et ergoteurs. Non que ces personnages ne soient pas vivants ou que l'atmosphère du sanatorium manque de vraisemblance ou de vie. Mais les plus vivants sont peut-être ceux qui parlent le moins, ceux que caractérisent seulement les traits du visage, un geste ou un tic, un sourire ou une attitude. Voyez Mme Chauchat elle-même, si vivante tant qu'elle ne fait que traverser la salle à manger, de sa démarche molle et glissante, claquant la porte sans réussir à la fermer, semant des sourires, puis s'affalant sur sa chaise, une épaule relevée, les cheveux toujours prêts à crouler; dès qu'elle parle, en un extravagant français germano-moscovite, elle ne fait plus qu'aligner des formules abstraites et de vaines généralités, tout un fatras pseudo-médical, pseudo-philosophique, à faire dresser les cheveux.

Il faut se souvenir à propos de *la Montagne magique* qu'il n'est pas de littérature aussi riche que l'allemande en chefs-d'œuvre manqués, en «beaux monstres» dont l'équilibre intérieur a été rompu par quelque accident. S'il faut citer de très hauts exemples, nous dirons *Wilhelm Meister* et le *Second Faust* ou, sur un palier inférieur, tous les romans de Jean-Paul. L'œuvre d'art supporte et même requiert une certaine somme de pensée; mais sous un afflux excessif de pensée discursive, de dialectique et de philosophie, elle s'effondre et se pulvérise en beaux fragments, si la pensée et la forme sont belles, mais en fragments. C'est assez le cas de *la Montagne magique*, et l'on peut regretter que l'auteur ayant dit ailleurs sous une autre forme, bien qu'avec une conclusion différente, à peu près tout ce qui nourrit les discussions semées dans ce roman, n'ait pas pris sur lui de pratiquer l'art des sacrifices héroïques qui eussent donné à son livre le resserrement et le relief qui lui manquent. Il est vrai qu'il a pris soin de requérir dans sa préface la patience, la longue patience du lecteur.

Cette patience, nous ne sommes pas disposés à la lui

refuser, parce que nous sentons à quel point ce livre est lui aussi une confession, un grand règlement de comptes, la revision courageuse et parfois douloureuse de certaines opinions, de certains préjugés, de certains respects traditionnels que les événements sont venus démentir ou bouleverser. Sur ce roman d'avant-guerre, la guerre projette une ombre rétrospective. C'est ce qui en fait le pathétique caché. Mais ce qui a suivi, ce que Thomas Mann se refusait à prévoir, c'est la grande crise du national-socialisme, le retour à la barbarie qu'un humaniste comme lui était fondé à croire abolie à jamais. Le jour est venu où l'écrivain s'est vu obligé de quitter sa patrie, sa belle villa munichoise, son existence paisible et prospère, et, ce qui est plus grave, le milieu et le public intellectuel qui connaissait et comprenait son œuvre. Réfugié aux États-Unis, il n'a pas cessé d'écrire. Son œuvre d'émigré, éditée à Zurich, à Stockholm, à Amsterdam, comprend les quatre volumes du grand roman biblique, *Joseph et ses frères* (1933 à 1944), le gracieux roman de *Charlotte à Weimar,* aimable broderie sur un épisode de la vieillesse de Gœthe, un opuscule sur Schopenhauer et un autre sur Freud, et des écrits politiques de plus en plus nets et pressants à mesure que se rapprochait l'échéance de la nouvelle guerre: *Correspondance avec le doyen de l'Université de Bonn* (1936), *Victoire future de la démocratie* (1938), *Cette paix* (1938), *Europe, attention!* (1938), enfin le recueil des allocutions prononcées à la radio de New York pendant la guerre et qui sont encore dans nos mémoires:

Auditeurs allemands! (1942). La guerre finie, Thomas Mann a longtemps hésité à reprendre le chemin de sa patrie. En 1952 seulement, il a pris le parti de venir se fixer non en Allemagne mais en Suisse où il a vécu ses trois dernières années. Mais auparavant il avait achevé et publié son grand roman du *Docteur Fautus*, sorte de testament où il a exprimé sous forme romanesque sa dernière pensée au sujet de l'Allemagne et de son destin, et la franche expression de sa conversion aux idées de liberté, de démocratie et de raison, qu'il avait tant méprisées au temps des fameuses *Considérations d'un apolitique*. Le roman se déroule sur deux plans : histoire d'un musicien de génie, mais taré qui, à la suite d'une fâcheuse aventure a vendu son âme au diable en échange d'une longue période de succès et de gloire — et parallèlement histoire de la détérioration de la situation de l'Allemagne, menée au désastre par une folie de puissance, de violence et de brutalité. Beaucoup d'éléments entrent dans la composition de ce livre : légende du vieux Faust médiéval et vie de Nietzsche, souvenirs personnels et familiaux, études musicales très poussées au cours de longues conversations avec le philosophe et musicologue Adorno, compagnon d'exil de Mann en Californie. Mi-symboliques et mythiques, mi-contemporaines, les péripéties de la vie du musicien donnent lieu à de vivantes peintures de milieux sociaux où l'auteur excelle : petite ville allemande obscure et obtuse, hantée de préjugés et de terreurs ancestrales ; université (Halle) où de vieux professeurs encroûtés enseignent en vain à une jeunesse ardente, avide d'action et de revanche; grande ville (Munich) avec son fond de gaieté populaire un peu grosse, et ses cénacles d'intellectuels, artistes, écrivains, savants, tous persuadés du naufrage de la raison et confiants dans les seules valeurs de l'instinct, de la force et de la violence, ils appellent de leurs vœux la «rebarbarisation» d'une civilisation qu'ils méprisent. Une même folie d'orgueil et de puissance entraîne à la catastrophe le musicien qui prétendait «détruire» Beethoven et la nation qui se croyait prête à établir pour mille ans son règne sur une Europe écrasée. Les années suisses de Thomas Mann sont encore pleines de son inlassable activité: courts romans ou nouvelles (*l'Élu, la Femme frustrée*), essais, discours, conférences. Il est mort en 1955, peu après avoir vu fêter son quatre-vingtième anniversaire. Le roman plusieurs fois repris et mis de côté, *les Confessions du chevalier d'industrie Félix Krull* est parvenu en 1954 à son plein achèvement.

C'est ainsi que Thomas Mann, romancier «apolitique» de la vieille bourgeoisie allemande, s'est trouvé conduit par les événements et, il faut le dire, par sa fidélité intime à la tradition humaniste, humaine et libérale de cette bourgeoisie cultivée, par son attachement à ce que la pensée allemande a produit de plus haut dans le passé, de Luther à Kant, de Bach et Beethoven à Wagner, de Gœthe à Schopenhauer et à Nietzsche, à relever le drapeau de l'idéalisme allemand tombé dans la boue, à retrouver avec le sens de l'humain et de l'universel l'ampleur des horizons, la sérénité des perspectives, le courage indéfectible du bon lutteur, résolu à ne pas laisser sombrer dans le passé ni dans un trop lointain futur l'immortelle image de l'homme civilisé, de l'Européen, dont l'idéal, grec à l'origine, n'est plus ni grec, ni chrétien, ni allemand, ni français, ni anglo-saxon, mais tout cela à la fois et mieux que cela. Le jour où il lui est apparu que les démocraties alliées avaient seules quelque chance de sauver cet idéal, il s'est rangé dans leur camp, a su le dire, se laisser insulter et ne pas faiblir. Il faut honorer en lui l'un des derniers représentants d'une pensée allemande proche de la nôtre dans ses conséquences, sinon dans ses origines, avec laquelle l'accord est possible et la sympathie facile.

Geneviève Bianquis, 1947

Table des matières

LA LITTÉRATURE ÉTRANGÈRE CHEZ FAYARD

Leopoldo Alas, dit Clarín: *La Régente; Son fils unique.*

Isabel Allende: *La Maison aux esprits; D'amour et d'ombre; Eva Luna; Les Contes d'Eva Luna.*

Anthologie de la prose albanaise, présentée par Alexandre Zotos.

Vitaliano Brancati: *Les Années perdues; Le Vieux avec les bottes,* suivi d'un essai de Leonardo Sciascia; *Don Juan en Sicile; Rêve de valse,* suivi de *Les Aventures de Tobaïco.*

Christianna Brand: *Mort dans le brouillard.*

Joseph Brodsky: *Loin de Byzance.*

Hermann Burger: *La Mère Artificielle; Blankenburg.*

Varlam Chalamov: *La Quatrième Vologda; Récits de Kolyma.*

Cyril Connolly: *Le Tombeau de Palinure.*

Joseph Conrad, Ford Madox Ford: *L'Aventure.*

Julio Cortázar: *Les Gagnants.*

Alfred Döblin : *Hamlet ou La longue nuit prend fin; Wang-loun*, avec un essai de Günter Grass.

J. G. Farrell : *Le Siège de Krishnapur; Hôtel Majestic.*

Paula Fox : *Personnages désespérés; Pauvre Georges !*

Mavis Gallant : *Les Quatre Saisons; L'Été d'un célibataire.*

B.M. Gill : *Le Douzième Juré.*

Juan Goytisolo : *Paysages après la bataille; Chroniques sarrasines; Chasse gardée; Les Royaumes déchirés; Les Vertus de l'oiseau solitaire; L'Arbre de la littérature.*

Grimmelshausen : *Les Aventures de Simplicissimus.*

Erich Hackl : *Le Mobile d'Aurora.*

Zbigniew Herbert : *Monsieur Cogito et autres poèmes.*

Georgette Heyer : *Meurtre d'anniversaire; Un rayon de lune sur le pilori; La mort donne le* la.

Henry James : *L'Américain; Roderick Hudson.*

P. D. James : *La Proie pour l'ombre; La Meurtrière; L'Ile des morts; Meurtre dans un fauteuil; Un certain goût pour la mort; Sans les mains; Une folie meurtrière; Meurtres en blouse blanche; Mort d'un expert; A visage couvert; Par action et par omission.*

Roberto Juarroz : *Poésie verticale.*

Ismaïl Kadaré : *Les Tambours de la pluie; Chronique de la ville de pierre; Le Grand Hiver; Le Crépuscule des dieux de la steppe; Avril brisé; Le Pont aux trois arches; La Niche de la honte;*

Invitation à un concert officiel et autres récits; Qui a ramené Doruntine?; L'Année noire, suivi de *Le cortège de la noce s'est figé dans la glace; Eschyle ou l'éternel perdant; Le Dossier H.; Poèmes (1958-1988); Le Concert; Le Palais des rêves; Printemps albanais.*

H.R.F. Keating: *Un cadavre dans la salle de billard.*

Jerzy Kosinski: *Le Jeu de la passion.*

Édouard Kouznetsov: *Roman russe.*

Hartmut Lange: *Le Récital*, suivi de *La Sonate Waldstein; Une fatigue*, suivi de *La Promenade sur la grève.*

Luigi Malerba: *La Planète bleue; Clopes.*

Thomas Mann: *Les Buddenbrook; La Montagne magique; La Mort à Venise*, suivi de *Tristan.*

Monika Maron: *La Transfuge; Le Malentendu.*

Vladimir Maximov: *La Coupe de la fureur.*

Mary McCarthy: *Cannibales et Missionnaires; L'Oasis et autres récits; Le Roman et les Idées, et autres essais; Comment j'ai grandi.*

Migjeni: *Chroniques d'une ville du Nord*, précédé de *L'Irruption de Migjeni dans la littérature albanaise*, par Ismaïl Kadaré.

Czeslaw Milosz: *Visions de la baie de San Francisco; Milosz par Milosz*, entretiens de Czeslaw Milosz avec Ewa Czarnecka et Aleksander Fiut; *Empereur de la terre; L'Immoralité de l'art; Terre inépuisable*, poèmes; *Chroniques*, poèmes; *De la Baltique au Pacifique.*

Karl Philipp Moritz: *Anton Reiser.*

Vladimir Nabokov: *Ada ou l'Ardeur; Regarde,*

regarde les arlequins!; La Transparence des choses; Machenka; Littératures I (Austen, Dickens, Flaubert, Stevenson, Proust, Kafka, Joyce)*; Littératures II* (Gogol, Tourguéniev, Dostoïevski, Tolstoï, Tchekhov, Gorki)*; Littératures III (Don Quichotte); L'Homme de l'URSS et autres pièces.*

Kenji Nakagami: *Mille ans de plaisir; La Mer aux arbres morts.*

Edna O'Brien: *Un cœur fanatique; Les Filles de la campagne; Les Grands Chemins; Qui étais-tu, Johnny?; Les Victimes de la paix.*

Fernando del Paso: *Palinure de Mexico; Des nouvelles de l'Empire.*

Leo Perutz: *Turlupin; La Neige de saint Pierre; La Troisième Balle; La nuit sous le pont de pierre; Où roules-tu, petite pomme?; Le Maître du Jugement dernier.*

Frederic Prokosch: *Voix dans la nuit.*

James Purdy: *Dans le creux de sa main; La Tunique de Nessus.*

Barbara Pym: *Crampton Hodnet; Jane et Prudence; Comme une gazelle apprivoisée.*

Peter Rosei: *Comédie*, suivi de *Homme & Femme S.a.r.l.; Les Nuages*, suivi de *Quinze mille âmes; L'Insurrection*, suivi de *Notre paysage: descriptif.*

Anatoli Rybakov: *Sable lourd.*

Alberto Savinio: *Souvenirs; Hermaphrodito; La Maison hantée; La Boîte à musique.*

Leonardo Sciascia: *Mots croisés; Petites chroniques; Œil de chèvre; Monsieur le député*, suivi de *Les Mafieux; La Sorcière et le Capitaine; 1912 + 1; Portes ouvertes; Le Chevalier et la Mort; Faits divers d'histoire littéraire et civile; Une histoire simple.*

Richard Sennett: *Les Grenouilles de Transylvanie; Une soirée Brahms.*

Alexandre Soljénitsyne: *Œuvres complètes* (version définitive): tome 1: *Le Premier Cercle;* tome 2: *Le Pavillon des cancéreux, Une journée d'Ivan Denissovitch,* et autres récits; tome 3: *Œuvres dramatiques; Les tanks connaissent la vérité; La Roue rouge* (version définitive) — *Premier nœud: Août 14; — Deuxième nœud: Novembre 16.*

Osvaldo Soriano: *Jamais plus de peine ni d'oubli; Je ne vous dis pas adieu.*

Muriel Spark: *Intentions suspectes; La Place du conducteur; L'Unique Problème; Ne pas déranger; Une serre sur l'East River; Les Célibataires; Pan! pan! tu es morte; L'Appropriation; Le Pisseur de copie; L'Ingénieur culturel; Les Consolateurs; Le Banquet.*

Christina Stead: *L'Homme qui aimait les enfants.*

Patrick Süskind: *Le Parfum; Le Pigeon; La Contrebasse.*

Albert Vigoleis Thelen: *L'Ile du second visage.*

Alice Walker: *Le Cœur noir.*

Ernst Weiss: *Georg Letham, médecin et meurtrier; Le Séducteur.*

Adam Zagajewski: *Solidarité, solitude; Coup de crayon; Palissade. Marronniers. Liseron. Dieu.*

Theodore Zeldin: *Le Bonheur.*

Histoire de la littérature japonaise (trois tomes), par Shuichi Kato.

Histoire de la littérature polonaise, par Czeslaw Milosz.

Histoire de la littérature russe, ouvrage dirigé par Efim Etkind, Georges Nivat, Ilya Serman et Vittorio Strada — *Le XXe siècle :* tome 1 : *L'Age d'argent ;* tome 2 : *La Révolution et les Années vingt ;* tome 3 : *Gels et dégels.*

Achevé d'imprimer en février 1991
sur les presses de l'imprimerie Carlo Descamps
59163 Condé-sur-l'Escaut

35-67-7815-02
ISBN 2-213-02043-4
Dépôt légal : février 1991
N° d'éditeur : 1939
N° d'imprimeur : 6770

Imprimé en France

35-7815-0